리오는 양옆에 있는
아이시아와 드뤼어스에게
팔을 붙들린 채로
어디가 불편한지
씁쓸한 미소를 짓고 있었다.

평소처럼 멍한 아이시아의 표정과
즐겁게 미소 짓는 드뤼어스의 표정이
무척 인상적이었다.

정령
환상기

에헤헤, 그래?
그럼 나랑
같네.

……응, 같아

라티파가 기뻐하며 고개를 끄덕였다.
미하루도 이번에는 기뻐하며 미소 지었다.
그러자 애달픈 가슴의 술렁임도
조금 가라앉는 것 같았다.

커버 및 본문 일러스트_ Riv

CONTENTS

❖

【 프롤로그 】 라티파의 비밀일기 2 ——— 10

【 제 1 장 】 해후와 환영 ——————— 14

【 막간 】 능력자 리제롯테 크레티아 — 66

【 제 2 장 】 새로운 마을 생활 ———— 82

【 제 3 장 】 슈트랄 지방으로, 다시 —— 150

【 막간 】 세리아의 우울 ————— 176

【 제 4 장 】 세리아와의 재회 ———— 184

【 제 5 장 】 백은의 신부 ————— 206

【 제 6 장 】 vs 벨트람 왕국군 ——— 254

【 에필로그 】 하늘색 영애 ————— 282

【 후기 】 ————————— 286

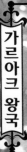

정령의 마을

사라
은늑대 수인 소녀

오피아
하이엘프 소녀

아르마
엘더드워프 소녀

아르슬란
사자 수인 소년

벨라
은늑대 수인 소녀이며 사라의 동생

드뤼어스
정령의 마을에 사는 준고위 정령

벨트람 왕국

세리아 크렐
리오의 학원시절 은사인 백작 영애
원치 않는 정략결혼이 임박했다

라티파
노예였던 여우 수인 소녀이며 이세계 전생자
리오를 오빠라 부르고 좋아한다

가르아크 왕국

**리제롯테
크레티아**
공작 영애이자 리카 상회 회장

**크리스티나
벨트람**
벨트람 왕국
제1왕녀

**플로라
벨트람**
벨트람 왕국
제2왕녀

리오
이세계 전생자. 전생의 기억을
가진 소년. 현재는 미하루 일행의
안전을 최우선으로 행동하고 있다

아마카와 하루토
리오의 전생이자 일본 대학생
이었던 청년. 미하루와 소꿉친구
이며 아키와는 이부남매

아이시아
리오 안에 잠들어 있던 계약정령.
고위 정령인 듯하나, 본인의 기억은 모호

아야세 미하루
하루토의 소꿉친구이며 첫사랑인 소녀.
은인인 리오의 전생이
하루토라는 것은 모른다

사카타 히로아키
용사로 이세계
소환된 청년

센도 아키
하루토의 이부남매이며
마사토의 의붓누나

센도 마사토
밝고 솔직한
아키의 의붓동생

계절은 봄.

내가 일기를 쓰기 시작하고 벌써 다섯 달이 지났다. 오늘은 쾌청하면서도 얇게 입으면 아직 조금 쌀쌀한 날씨였지만, 부드러운 햇빛이 내리쬐는 하루였다.

하지만 대조적으로 내 마음에는 구름이 끼었던 것 같다. 이유는 나도 안다. 예전의 오빠의 특별한 사람들이 이번에 다시 오빠 앞에 나타났다는 것을 알아버렸기 때문이다.

나는 그 사람들을 안다. 다름 아닌 오빠가 가르쳐줬다. 벌써 3년도 더 전의 일이다. 나와 오빠는 서로에게 전생의 기억이 있다는 것을 밝혔다. 당시에 나는 많이 놀랐지만, 동시에 정말 기뻤다. 그래서 오빠에게 그 사람들을 포함해 전생 이야기를 많이 들었다.

예를 들면 오빠네 집이 4인 가족이고 부모님과 동생 외에 가족처럼 같이 자란 소꿉친구 여자아이가 있다는 것, 하지만 어릴 적에 부모님이 이혼해서 어머니와 동생과 소꿉친구 여자아이와도 헤어지고 말았다는 것, 고등학생이 될 때까지 아버지 본가에 산 것, 그리고 헤어진 뒤에도 계속 소꿉친구 여자아이를 좋아했다는 것……

실제로 오빠에게 물어보지는 않았지만, 나는 그 사람들이 지금의 오빠에게도 특별한 존재라고 생각한다. 그야 그 사람들 이야기를 했을 때의 오빠는 정말 그리움에 잠긴, 어딘가 쓸쓸해보이는 얼굴이었으니까.

그런데 오빠는 내게 자기 전생 이야기를 그 사람들에게 밝히지 말아달라고 부탁했다. 오빠가 그러는 이유를 모르겠다. 내가 오빠와 비슷한 처지에 놓였다고 생각하면 상상만 해도 가슴이 아프니까. 적어도 태연한 척하며 대하기는 어려울 거라 생각한다. 이제 두 번 다시 만나지 못할 터였던 소중한 사람들이 눈앞에 나타난다 해도 그 사람들에게 나라는 것을 말할 수 없다면, 그건 너무나 괴로우니까.

그런 걸 보면 지금의 나는 꽤 축복받은 거겠지. 내게 예전의 오빠는 두 번 다시 만날 수 없는 소중한 사람이었는데, 다시 태어나서도 만났고 예전의 나에 대해서도 아니까. 그건 정말 행복한 일이다.

하지만 오빠는? 오빠는 지금 어떤 마음일까? 괴롭지 않은 걸까? 오빠 생각만 하면 나는 괜히 가슴이 아프다.

반은 오빠가 걱정돼서, 나머지 반은 내가 불안하기 때문이다. 오빠가 나의 안식처가 됐듯이, 나도 오빠의 안식처일까, 불안했다.

그래서 나는 그 사람들이 마을에 오는 게 무섭다. 오빠는 나보다 그 사람들이 더 소중하지 않을까, 마음 한쪽으로 몹시 두려워했다. 나는 너무 겁쟁이라 오빠의 진짜 마음을 들여다보는 게 무서워 죽을 것 같다.

나의 싫은 부분이 몹시 두려웠다. 그래서 오늘 오빠가

마을을 떠날 때, 나는 토라져서 오빠를 부둥켜안았다. 내 존재를 주장하듯이 오빠를 세게 부둥켜안았다.

그러자 오빠는 나를 평소보다 더 다정히 안아주고 톡톡 등을 두드려줬다.

나는 안심하는 것과 동시에 내가 얼마나 한심한지 깨달아버렸다. 나약한 자신이 너무 부끄러웠다. 나는 오빠를 걱정하면서도 결국 오빠에게 어리광부리고 말았다. 오빠는 나를 위해 많은 걸 해줬다. 이번에는 내가 오빠를 위해 많은 걸 해주자고 다짐했는데…….

그러니까 반성하자. 나중을 생각하자. 그렇게 생각했다.

내가 이렇게 괴로워하는 사이에도 사태는 시시각각 진행된다. 앞으로 2주가 지나면 오빠가 그 사람들을 마을로 데리고 온다. 그러니까 계속 토라져 있을 수는 없다. 나약해지면 안 된다고, 오빠의 동생으로서 가슴을 펴고 마주하는 내가 되자고, 이 일기를 쓰기 시작한 첫날에 맹세했다. 그러니 오빠를 위해 해줄 수 있는 일을 생각해야 한다.

나는 오빠가 걱정되니까, 오빠의 동생이니까. 그러니까 계속 토라져 있으면 안 된다. 오빠의 소중한 사람들이라면 내게도 소중한 사람들이니까 가슴을 펴고 마주하자. 완전 친해지고, 그 다음에 정정당당히 그 사람들에게 지지 않게 노력하자. 그러기로 했다. 이건 결의표명이다.

어떤 사람들일지 생각하면 엄청 두근거리지만—. 그래도 나는 빨리 오빠와 만나고 싶다. 오빠의 소중한 사람들도 만나보고 싶다.

　그리고 오빠가 소중한 사람들을 데리고 돌아오면 내가 제일 먼저 달려가 맞이할 거다. 지금의 오빠의 동생으로서 이 역할만은 누구에게도 양보할 수 없으니까—.

　그러니까 오빠, 기다릴게!

일기 · 153일째

K 제 1 장 I ✿ 해후와 환영

　신성력 1,000년, 초봄.
　독수리처럼 생긴 거대한 새가 정령의 주민이 사는 마을 상공을 날고 있었다. 거조의 정체는 하이엘프 오피아의 계약정령 에어리얼이었다.
　에어리얼의 등에는 네 소녀가 타고 있었다.
　"오피아 언니, 빨리, 빨리!"
　여우 수인 소녀 라티파가 에어리얼을 조종하는 오피아를 재촉했다.
　"알았어. 에어리얼, 부탁해."
　오피아가 재미있어하며 웃고 에어리얼에게 빨리 날라고 지시를 내렸다. 에어리얼은 거대한 날개를 퍼덕여 비행 속도를 올렸다.
　"정말. 그렇게 서두르지 않아도 리오 씨는 도망가지 않습니다, 라티파."
　에어리얼의 등에 동승한 은늑대 수인 사라가 어이없다는 얼굴로 말했다.
　"으— 그치만 내가 제일 먼저 오빠를 마중 나갈 거란 말이야!"
　라티파가 귀엽게 입술을 내밀었다.
　"찾았어요, 저기예요."

에이리얼의 등에서 묵묵히 아래를 내려다보던 엘더드워프 소녀 아르마가 찾던 사람들을 발견했는지 지상을 가리키며 말했다. 멀리 다섯 명의 소년소녀— 리오 일행이 우두커니 서 있었다.

'오빠. 그리고 저 사람들이…….'

라티파는 정령술로 시력을 강화해 그들의 얼굴을 봤다. 리오 일행도 오피아 일행을 알아차렸는지 이쪽을 쳐다봤다.

"머리카락이 분홍색인 여자가 아이시아 님인가 봐. 에어리얼이 조금 위축됐어."

오피아가 어딘지 두려워하는 태도로 말했다.

"제 헬도 조금 이상합니다. 아이시아 님의 영향일까요? 아르마, 당신의 이프리타는?"

"똑같아요. 역시 인간형 정령이네요. 상당히 격이 높은가 봐요."

사라와 아르마도 그들 안에 영체화한 계약정령의 이상을 느낀 모양이었다. 그러는 동안 에어리얼은 리오 일행과 거리를 좁혔고, 리오 일행 위에 도착하자 상공을 선회하고 천천히 고도를 내렸다.

라티파는 지금인가, 지금인가, 안절부절못하고 착륙을 기다리다가 땅에 꽤 접근하자 기다리지 못하고 에어리얼의 등에서 뛰어내렸다.

"아, 이 녀석, 라티파, 기다리세요! 정말!"

사라가 바로 알아차리고 불러 세우려고 했지만, 라티파

는 이미 바닥에 착지한 뒤였다. 자세를 다듬고 리오 일행을 쳐다본 라티파는 마음을 다잡고 작게 숨을 마셨다. 그리고 힘차게 달려가 리오를 세차게 끌어안았다.

"어서 와, 오빠!"

"어이쿠, 다녀왔어. 라티파."

리오는 충격을 죽이며 라티파를 부드럽게 받았다. 미하루, 아키, 마사토, 세 사람이 놀라서 두 사람을 쳐다봤다.

"에헤헤."

"정말, 라티파. 높은 곳에서 뛰어내리면 위험하지 않습니까?"

라티파가 수줍어하며 리오에게 몸을 맡기고 있는 사이, 근처에 착지한 에어리얼의 등에서 사라, 오피아, 아르마, 세 사람이 내려왔다. 사라가 허리에 손을 올리고 라티파를 혼냈다.

"괜찮아, 제대로 육체 강화 했는걸."

"정말이지! ……앗, 실례했습니다!"

언니 모드로 혼을 내던 사라는 미하루와 아이시아 일행이 그들을 빤히 쳐다보는 것을 알아차리고 서둘러 머리를 숙였다. 그리고 작게 헛기침을 했다.

"정령의 주민의 마을에 어서 오십시오. 환영합니다."

사라는 쑥스러움을 얼버무리듯이 밝게 웃으며 미하루 일행에게 말을 걸었다.

"이쪽은 사라 씨. 은늑대 수인이고 마을의 높은 가계를 잇는 분이에요."

리오가 키득 웃고 사라를 미하루 일행에게 소개했다.

"처음 뵙겠습니다. 사라라고 합니다."

사라가 살며시 뺨을 붉히고 인사했다.

"이쪽은 하이엘프 오피아 씨, 옆에 있는 사람은 엘더드 워프 아르마 씨. 두 사람 다 사라 씨처럼 마을의 높은 가계를 잇는 분이에요."

리오가 이어서 오피아와 사라를 소개했다.

"잘 부탁드려요." "잘 부탁드립니다."

오피아와 아르마도 각각 예의바르게 허리를 숙였다.

"네. 그, 저는 아야세 미하루라고 해요. 잘 부탁드립니다."

미하루가 조금 긴장한 기색을 보이며 마주 인사했다.

"센도 아키입니다. 잘 부탁드립니다."

아키도 미하루를 따라 어색하게 인사했다.

"흐헤에에…… 진짜다."

한편, 마사토는 이상한 소리를 내며 사라 일행을 홀린 듯이 쳐다봤다.

"……너도 제대로 인사해."

아키가 그렇게 말하며 마사토의 머리를 쥐어박았다.

"아, 아파라. 뭐하는 거야? 아키 누나."

마사토가 살짝 혹이 난 머리를 문지르며 불평했다.

"실례했습니다. 제 멍청한 동생인 마사토입니다. 보시는 것처럼 조금 얼빠진 면이 있지만, 나쁜 뜻이 있는 건 아니니 너그럽게 봐주셨으면 좋겠어요."

아키는 마사토를 상대하지 않고 부끄러워하며 사라 일행에게 머리를 숙였다.

"후후, 괜찮아요."

오피아가 키득 웃고 고개를 끄덕였다.

"이 아이는 라티파. 피는 이어지지 않았지만, **제 소중한 동생입니다.** 나이는 아키 또래이려나?"

리오가 미하루 일행을 보며 자기 팔에 매달린 라티파를 소개했다.

"라티파예요. 오빠 동생이고 여우 수인입니다. 잘 부탁 드립니다."

라티파는 자세를 바로하고 수줍어하며 미하루 일행에게 허리를 숙였다. 그리고 얼굴을 들어 미하루와 아키의 얼굴을 힐끗 쳐다봤다.

"나야말로 잘 부탁해, 라티파."

미하루가 라티파에게 인사하고 방긋 미소 지었다.

"……네."

라티파는 미하루의 미소에 홀린 듯이 머뭇머뭇 고개를 끄덕였다.

"그럼 다음은 여러분께 이 아이를 소개할게요. 이미 알 겠지만, 이 아이가 제 계약정령인 아이시아입니다. 아이시 아, 여러분께 자기소개 해줄래?"

리오가 아이시아를 사라 일행에게 소개했다.

"아이시아. 잘 부탁해."

아이시아는 간결하게 자기소개를 했다.

"처음 뵙겠습니다, 아이시아 님. 저희 정령의 주민 일동, 당신을 환영합니다."

그러자 사라, 오피아, 아르마, 세 사람이 일제히 정좌하며 그 자리에 무릎을 꿇었다. 정중한 대응에 아이시아가 이상하다는 듯이 고개를 갸웃거렸다. 미하루 일행도 당황했다.

"전에 가르쳐준 대로 정령의 주민은 인간형으로 실체화할 수 있는 고위 정령을 신성시하고 숭배해요. 아이시아도 인간형 정령이니까요."

리오가 쓴웃음을 지으며 미하루 일행에게 사라 일행이 공손해하는 이유를 설명했다.

"엄격하게 대할 필요 없어."

아이시아가 조용히 고개를 저었다.

"뭐, 『네, 알겠습니다』라고 할 수는 없겠지만, 그렇게 됐으니 선처해주시면 고맙겠습니다. 일단 일어나주세요."

리오가 쓴웃음을 짓고 사라 일행에게 말했다.

"……네."

사라 일행이 고개를 끄덕이고 머뭇거리며 일어났다.

"저기, 그럼 아이시아 씨라고 부르면 될까요?"

라티파가 두려움 없이 아이시아에게 물었다.

"정말. 라티파, 또 그렇게 버릇없이. 조금은 정령의 주민의 가르침을……."

사라가 피곤한 듯이 숨을 내쉬고 난색을 표했다.

"라티파가 부르고 싶은 대로 불러. 그냥 아이시아라고 해도 괜찮아."

사라의 난색이 무색하게 아이시아가 천연덕스럽게 대답했다. 사라는 "윽" 하고 말문이 막혔다.

"으음, 그럼 아이시아 언니?"

라티파가 고개를 갸웃거리고 끙끙대며 아이시아의 호칭을 말했다.

"그럼 그걸로."

"네―엣! 잘 부탁드립니다, 아이시아 언니!"

아이시아가 고개를 끄덕이자 라티파가 아이시아를 바로 언니라고 불렀다.

"저, 저기, 리오 씨. 정말 괜찮습니까?"

사라가 불안한지 리오에게 확인했다.

"괜찮아요. 미하루 씨는 아이라고 부르니까요."

리오가 재미있어하며 웃고 사라에게 문제없다고 보장했다.

"……그렇습니까?"

사라는 이 얼마나 황송한 일이냐는 듯이 미하루를 물끄러미 쳐다봤다.

"응? 호, 혹시, 그러면 안 됐나요?"

미하루가 몸을 움찔하고 허둥지둥 물었다.

"괜찮아요. 당사자인 아이시아가 괜찮다고 했으니까 그

녀의 의사를 존중해주세요."

리오가 호쾌하게 고개를 젓고 이번에는 미하루에게 문제없다고 보장했다.

"저기, 그런데 리오 씨라는 건 하루토 씨를 말하는 거예요?"

묵묵히 대화를 듣던 아키가 천천히 입을 열어 물었다. 아키가 리오를「하루토」라고 부르자 라티파가 귀를 움찔했다.

"아, 그러고 보니 제대로 사정 설명을 안 했네."

리오는 어디부터 설명해야 하나 난감한 표정으로 머리를 긁적였다. 라티파가 곁에서 말없이 리오의 얼굴을 올려다봤다.

"여러분과 처음 만났을 때 설명한 대로, 하루토라는 이름은 제가 슈트랄 지방에서 활동할 때 쓰는 가명입니다. 본명은 사라 씨네가 부른 것처럼 리오라고 해요."

리오가 먼저 리오가 본명이고 하루토가 가명임을 밝혔다.

"어, 왜 이름을 구분해서 썼는지 여쭤도 되겠습니까?"

사라가 쭈뼛쭈뼛 손을 들고 리오에게 물었다.

"몇 년 전, 이 마을에 처음 왔을 때보다 더 예전에 있었던 일입니다. 저는 슈트랄 지방의 어느 나라에서 왕후귀족의 분쟁에 휘말린 적이 있어요. 희생양이 되어 억울한 누명을 뒤집어썼고 결국에는 지명수배도 됐죠."

리오가 겸연쩍어하며 질문에 대답했다.

라티파가 미안한지 얼굴에 그림자를 드리웠다.

"네?!"

한편, 미하루와 사라 일행은 나란히 눈을 크게 떴다. 아이시아는 알고 있었는지 딱히 표정이 달라지진 않았다.

'앗!'

예전에 라티파가 암살자로서 리오를 공격한 적이 있다는 이야기를 들은 적 있는 사라 일행은 혹시 그 지명수배가 두 사람의 만남과 관련되지는 않았을까 짐작하고는, 납득한 표정을 지었다.

"뭐, 쉽게 믿지 못할 수도 있지만요……."

놀란 미하루 일행에게 리오가 난감한 얼굴로 말했다.

"물론 믿습니다. 그저 너무 잔혹한 이야기라 충격 받았습니다."

사라가 서둘러 고개를 저었다.

"정말 잔혹한 이야기예요. 그 지명수배는 지금도 유효한가요?"

아르마가 얼굴을 찌푸리고 리오에게 물었다.

"감사합니다. 지명수배가 유효한지는 몰라요. 아직 그 나라로 돌아가지도 않았으니까요. 하지만 시효가 몇 년씩이나 될 죄는 아니라 대대적으로 수색하지는 않겠지만, 죄는 죄로 남아있을 거라 생각하는 게 좋을 것 같습니다."

리오는 천천히 고개를 젓고 자신의 예측을 말했다.

"과연, 그래서 이름을 구분해서 쓰고 마도구로 머리카락 색을 바꾼 겁니까……."

사라가 복잡한 표정을 지으며 납득했다.

"단순히 슈트랄 지방에서는 흑발이 눈에 띈다는 의미도 있지만요. 진짜 목적은 당시 지명수배가 유효할 경우를 대비하는 거예요. ……그래서 마을에 있는 동안은 어느 이름이든 상관없지만, 언젠가 슈트랄 지방으로 돌아가거든 저를 하루토라고 불러주셨으면 좋겠습니다."

사라의 말을 보충한 리오는 울적한 분위기를 떨쳐내려는지 미하루 일행에게 가벼운 태도로 말했다.

"으음, 하지만 하루토 형은 이미 하루토 형이라고 해야 하나? 이제 와서 리오 형이라고 괜히 바꿔서 부르면 슈트랄 지방으로 돌아갔을 때 혼란스러울 것 같으니까 나는 기본적으로 그대로 하루토 형이라고 부를게!"

마사토가 고개를 갸웃거리며 말하고 씨익 웃었다.

"저도 이대로 하루토 씨라고 부를게요. 익숙해진지라."

미하루도 미소 지으며 마사토와 뜻을 같이 했다.

"저, 그럼…… 저도."

아키도 쭈뼛거리며 고개를 끄덕였다.

"우리에게 리오 씨는 리오 씨이지만, 이렇게 하루토 씨라 불리는 것을 보니 왠지 신기하군요."

사라가 키득 웃으며 그런 말을 했다.

"그래도 신기하게 위화감이 없네? 회색 머리카락도 멋지고, 하루토 씨라는 이름도 리오 씨와 어울려요."

오피아가 쾌활하게 미소 지었다.

"머리카락이 회색인 리오 씨는 흑발 때와 분위기가 확연히 다르지만, 둘 다 잘 어울리고 멋있어요."

아르마도 오피아에게 동의했다.

"앗, 저도 잘 어울린다고 생각했거든요?! 신기하다고 한 건, 이상하다는 뜻이 아니라…… 아니, 뭐, 뭡니까, 아르 마. 그 표정은?"

사라가 동생뻘인 두 사람의 말을 듣고 서둘러 아까 한 말을 보충하다가, 의기양양한 아르마의 얼굴을 보고 상기 된 목소리로 물었다.

"아뇨, 딱히. 이제 그만 이분들을 안내해야 하지 않을까 요?"

아르마가 홋 미소 짓고 천연덕스럽게 화제를 돌렸다. 오 피아도 키득 웃었다. 미하루 일행은 그런 그녀들의 대화를 흥미롭게 지켜봤다.

"아, 알아요! 오피아, 당신은 왜 웃는 겁니까? 여러분을 안내하겠습니다. 어서 이분들이 에어리얼의 등에 타는 걸 도와주세요."

사라가 부끄러운지 뺨을 붉히고 오피아를 재촉했다.

◇ ◇ ◇

그 뒤, 리오 일행은 하늘을 날아 마을 청사로 쓰는 거대 한 나무집으로 갔다. 청사 앞 광장에 착륙하자 미하루와 아키가 조심스럽게 땅으로 내려왔다.

"굉장해애애애애! 하늘 나는 거 완전 재미있었어! 마을 건물도 대박이야아!"

한편, 힘차게 뛰어내려서 착지한 마사토가 한껏 들떠 떠들어댔다. 옆에서 아키가 "완전 애라니까."라는 눈빛으로 마사토를 쳐다봤다. 하지만 그녀도 비행 중에 흥미롭게 하늘 풍경을 만끽한지라 뭐라 할 처지가 못 됐다. 미하루는 그런 두 사람을 보며 키득 웃었다.

그러자 청사 입구 앞에 빛 입자가 모이더니 아름다운 여자를 본떴다.

"왔구나. 기다렸어."

아름다운 여자— 거목의 정령 드뤼어스가 실체화해서 말했다.

"드뤼어스 님, 와계셨군요."

사라 일행이 공손히 꿇어앉으며 드뤼어스에게 대답했다.

"그래, 마을 결계 안에서 상당히 강력한 정령의 기척을 느꼈거든. 리오가 계약정령을 데리고 온 줄 알고 날아왔어. 너지? 나는 드뤼어스야."

드뤼어스가 아이시아에게 다가가 방긋 웃으며 말을 걸었다.

"아이시아. 잘 부탁해, 드뤼어스."

아이시아가 억양 없는 평탄한 목소리로 드뤼어스에게 대답했다.

"으음. 역시나 넌 내가 모르는 정령이야. 그리고 왠지 상당히……. 뭐, 됐어. 쌓인 이야기는 안에서 하자. 장로들과 만날 거지?"

드뤼어스가 아이시아의 얼굴을 물끄러미 바라보더니 심각한 표정을 지었다. 그리고 바로 빙글 몸을 돌려 청사로 향했다.

"네. 그럼 여러분, 이쪽으로 오세요."

일동은 사라 일행의 안내를 받으며 청사 최상층으로 갔다.

◇ ◇ ◇

수십 분 후. 청사 최상층, 회의실로 사용하는 방에서 아이시아와 미하루 일행은 마을 장로진들에게 환영 인사를 받았다.

먼저 세 최장로가 간단하게 자기소개를 했다.

"아이시아 님, 저희 마을에 잘 오셨습니다. 저희 정령의 주민 일동은 당신을 진심으로 환영합니다."

최장로 중 한 사람, 하이엘프인 실드라가 의자에서 일어나 손님용 자리에 앉은 아이시아에게 공손히 말했다. 다른 장로진도 일어나서 아이시아에게 깊이 머리를 숙였다.

"고마워."

아이시아는 짤막하게 대답했다.

"이계의 아이들도 잘 왔다. 환영한다."

실드라가 훗 미소 짓고 이번에는 아이시아 옆에 앉은 미하루 일행에게 환영 인사를 보냈다.

"네, 네! 그, 돌봐주신다고 하시니, 뭐라 감사를 드려야 할지…… 고맙습니다."

태연히 고맙다고 한 아이시아와 대조적으로 미하루는 긴장한 표정으로 머리를 숙였다.

"고, 고맙습니다!"

아키와 마사토도 미하루를 따라 제각각 어색하게 허리를 숙였다.

"하하하, 이 자리는 간단한 인사를 겸한 얼굴비추기에 지나지 않으니 그렇게 긴장할 필요 없다. 리오 도령에게 들었겠지만, 몇 가지 조건을 받아들이면 마을에서의 평온한 생활을 보장하겠다. 뭐, 이 이야기는 나중에 다시 하지."

실드라가 호호할아버지처럼 웃으며 긴장한 미하루 일행에게 말했다.

"흠. 이계의 주민이라고 들었다만, 이렇게 보니 그냥 인간족이군."

최장로 중 한 사람이자 엘더드워프인 도미니크가 미하루 일행을 흥미롭게 쳐다봤다.

"어허, 댁의 무서운 얼굴로 그렇게 쳐다보는 거 아닐세. 손님이 무서워하지 않나."

같은 최장로이자 여우 수인인 아슬라가 농담 섞어 도미니크를 질책했다.

"뭐, 뭐?"

도미니크는 당황해서 말문이 막혔다. 그러자 실내에 있는 다른 장로들이 재미있어 하며 웃었다. 미하루 일행도 키득 웃었다. 분위기가 부드러워졌다. 그것을 느낀 도미니크는 기분이 나쁘지만은 않은지 어이구 하고 한숨을 내쉬었다.

　"자, 계속 장로들과 지루한 이야기만 하게 할 수는 없지. 사라, 너희가 저 아이들을 안내해주거라."

　실드라가 회의실 구석에 대기하고 있던 사라 일행에게 말했다.

　"알겠습니다. ……그럼 여러분, 이쪽으로."

　사라는 공손하게 고개를 끄덕이고 명쾌한 걸음으로 미하루 일행에게 다가갔다.

　"어, 이제, 된 거예요?"

　좀 더 길어질 줄 알았는지 미하루가 맥이 빠져 물었다.

　"음. 오늘 밤에 작은 환영 자리를 마련했다. 그 자리에서 이계 이야기를 들려주겠나? 그때까지 느긋하게 편히 있게나."

　실드라가 너그럽게 고개를 끄덕이고 대답했다.

　"네, 네. 고맙습니다!"

　미하루는 공손하게 고개를 끄덕였다.

　"리오 도령과 아이시아 님께는 여쭙고 싶은 것이 있으니 잠시만 더 있어주실 수 있겠는지요?"

　실드라의 옆에 앉은 아슬라가 리오와 아이시아에게 물었다.

"물론이죠. 여러분, 그분들을 잘 부탁드릴게요. 라티파도."

리오는 흔쾌히 승낙하며 고개를 끄덕이고, 사라와 라티파를 보며 부탁했다.

"응. 나한테 맡겨, 오빠!"

라티파가 가슴을 펴고 리오의 부탁을 받아들였다.

◇ ◇ ◇

그 후, 사라 일행이 미하루 일행을 데리고 방을 나갔다.

"미안하구먼, 리오 도령. 아이시아 님과 복잡하게 얽힌 이야기를 하고 싶으니, 조금만 더 우리 노인들을 상대해주게."

아슬라가 리오와 아이시아에게 말했다.

"아뇨, 미안해하실 것 없어요. 오히려 배려해주셔서 고맙습니다."

리오가 가볍게 고개를 끄덕이며 대답했다. 앞으로 할 이야기의 특성 상 기밀성이 높기에, 사라 일행에게 미하루 일행의 안내를 맡긴 것이리라.

지금 방에는 리오와 아이시아, 마을 장로진, 그리고 거목의 정령 드뤼어스뿐이었다. 모두 알게 된 정보를 지킬만한 사람들이었다.

"하실 말씀이란?"

"음. 달리 물을 것도 있지만, 아이시아 님이 먼저다. 드뤼어스 님, 괜찮으시겠습니까?"

리오의 물음에 실드라가 단도직입적으로 이야기를 꺼냈다. 그리고 아이시아의 옆에 앉은 드뤼어스에게 의견을 구했다.

"그래. 일단 아이시아는 나도 모르는 정령이라고 판명됐어. 마을 장로들에게 리오 이야기를 들어보니 몇 가지 이상한 점이 있었지만……. 아이시아, 넌 네가 어떤 정령이었는지 기억이 안 나지?"

"응."

아이시아가 짧게 대답했다.

"그게 이상해. 보통은 아이시아도 인간형 정령으로 승격하기 전의 기억이 있어야 하는데 기억을 못 하고 이름도 몰라. 인간형 정령이라는 의식과 지능은 있는 것 같은데, 이상하게 자아가 뚜렷하지 않아……. 기억상실이라서 그런가?"

드뤼어스가 심각한 얼굴로 끙끙거렸다.

"……잠시 여쭙고 싶습니다만, 정령은 모두 승격해서 인간형 정령으로 올라가나요? 저위나 중위 정령이었을 적의 기억도 남아있습니까?"

리오가 살펴 물었다.

"어려운 질문이네. 나는 내가 본 정령밖에 모르니까 정확한 답을 줄 수는 없지만, 모든 정령이 지금보다 상위의 존재로 승격할 수 있지는 않아. 다양한 요소와 계기가 필요해."

드뤼어스가 괴로워하며 일단 첫번째 질문에 대답했다.

"기억에 관해서도 확실하게 말할 수는 없지만, 적어도 나는 저위 정령이었을 때의 기억이 없어. 일반적으로 정령이란 명확한 자아를 가진 마나라고 하는데, 저위 정령은 인간으로 치면 아기 같은 거니까. 확실하게 기억나는 건 중위 정령이 된 뒤부터야. 뭐, 당시의 나는 머무는 나무에서 떨어질 수 없어서 매일 햇볕만 쬐었지만."

그리고 그리운 듯이 두번째 질문에 대답했다.

"대답해주셔서 감사합니다. 즉, 아이시아도 본래대로라면 인간형 정령이 되기 직전 단계가 있고, 당시의 기억이 남아있어야 한다는 거군요."

리오는 드뤼어스의 이야기를 곱씹으며 요약했다.

"맞아. 덧붙이자면 중위 이상의 격 높은 정령이 되어 오랜 세월을 보내면 자아와 개성이 뚜렷해져. 나처럼 말이야."

드뤼어스가 설명을 덧붙이고 득의양양하게 미소 지었다.

"그렇군요……."

리오는 납득했는지 고개를 끄덕이고 아이시아를 봤다. 분명히 같은 인간형 정령인데 드뤼어스와 아이시아는 성격이 많이 달랐다. 감정을 밖으로 내보이는 드뤼어스와 대조적으로 아이시아는 그다지 자기감정을 내비치지 않았다.

"그러니까 뭐라고 할까? 아이시아는…… 그래, 마치 저위 정령에서 중위 정령으로 막 승격한 어린 정령 같아. 격은 높은데 자아가 흐릿해서 어긋나 보여. 사실은 무척 개성적인 아이라거나…… 한 건 아니겠지?"

드뤼어스가 끙끙거리듯이 말하고 고개를 갸웃거리며 아이시아를 봤다.

"그래?"

아이시아도 고개를 갸웃거리며 리오를 봤다.

"글쎄? 하지만 아이시아는 지금 그대로도 충분히 매력적이야."

리오는 즐거워하며 웃고 아이시아의 질문에 대답했다.

"고마워, 하루토."

그러자 아이시아가 아주 살짝 미소 지으며 고맙다고 했다.

드뤼어스가 두 사람을 보고 흐뭇해하며 말했다.

"후후, 계약자와 관계가 양호한가보네. 좋은 일이야. 나는 계약자가 없어서 조금 부럽기도 해."

"확실히 리오 도령과 마음을 많이 터놓으신 것 같습니다. 그런데 하루토란…… 리오 도령을 말하는 겐가?"

드뤼어스에게 동감을 표한 아슬라가 리오가 하루토라고 불린 것에 대해 물었다.

"네, 조금 사정이 있어서 슈트랄 지방에서는 하루토라는 이름을 쓰고 있습니다. 아까 사라 씨네에게도 말했는데, 마침 좋은 기회이니 여러분께도 말씀드릴게요."

리오는 아까 미하루와 사라 일행에게 한 설명과 거의 같은 이야기를 하기로 했다. 장로들은 묵묵히 이야기에 귀를 기울였다.

"그렇구먼. 리오 도령에게 그런 과거가 있었을 줄은……."

리오가 설명을 마치자 아슬라가 복잡한 표정으로 중얼거렸다.

다른 장로들도 비슷한 표정이었다.

"죄송합니다. 숨기려던 건 아니었습니다만, 그다지 듣기 좋은 이야기가 아니란 생각에 계속 말하지 않았습니다. 이번에는 사정이 사정인지라 설명했습니다만, 재미없는 이야기이니 신경 쓰지 마시고 흘려 들어주세요."

리오가 겸연쩍어하며 변명하고 말을 이었다.

"그리고 하나 더, 재미없는 이야기 관련해서 제가 여러분께 설명해야만 하는 일이 있습니다. 제가 미하루 씨 일행과 말이 통한 이유에 관해서입니다. 이 이야기는 되도록 누설하지 말아주셨으면 하는데, 괜찮으십니까?"

이참에 꺼내기 어려운 이야기도 밝혀버리기로 했다. 그러자 최장로 세 사람은 눈을 크게 뜨고 서로의 얼굴을 쳐다봤다.

"……그래도 되는가? 억지로 설명할 필요는 없다."

실드라가 리오의 안색을 살피며 물었다.

"억지로 하는 거 아니에요. 말해도 쉽게 믿을 수 없는 이야기고, 어쩌면 듣고 나서 불쾌할 수도 있습니다. 미하루 씨 일행이 나타나지 않았더라면 이렇게 누군가에게 밝힐 일도 없었을 이야기입니다."

리오가 어딘지 난처해하며 말했다.

"즉, 이계의 주민인 그들에게는 그 이야기를 했다는 건가?"

"네. 흐름 상, 설명을 피할 수 없었던 지라. 그리고 앞으로 마을에서 그들을 돌봐주실 여러분께도 똑같이 설명하는 것이 도리라고 생각했습니다. 지난번에는 설명을 생략했습니다만, 오늘은 바라신다면 설명하겠습니다."

"그런가……. 모두, 들은 대로다. 지금부터 리오 도령이 할 이야기는 이곳만의 일로 하며, 밖으로 가져가는 것을 엄히 금한다. 맹세할 수 없는 자, 이의 있는 자는 방을 나가도록."

실드라가 작게 숨을 내쉬고 방 안을 둘러보며 물었다. 그리고 자리를 뜬 사람이 아무도 없음을 확인하고 장로들에게 말했다.

"그럼 모두 아까 말한 제약을 엄수하기로 맹세한 것으로 보겠다. 어기는 자는…… 말할 것도 없겠군. 드뤼어스 님도 괜찮으십니까?"

실드라는 훗 하고 미소 지은 뒤, 드뤼어스에게도 물었다.

"괜찮아. 말할 사람도 없고 그런 취미도 없어."

드뤼어스가 고개를 까딱 끄덕였다.

"그렇다 하신다, 리오 도령. 그럼 들려주겠는가?"

실드라가 리오를 보며 말했다.

"물론입니다. 각별한 배려, 황송합니다."

리오는 장로들에게 깊이 허리를 숙이고 미하루 일행에게 일본어가 통한 이유— 즉, 자신에게 전생의 기억이 있다는 것을 미하루 일행에게 설명했을 때와 똑같은 범위로 설명하기 시작했다.

구체적으로는 어릴 적에 자신이 아닌 자신의 기억에 눈을 뜬 것, 그 기억 속에서 살았던 세계와 미하루 일행이 살던 세계가 마침 똑같았다는 말이었다. 그밖에 리오와 미하루 일행이 전생에 인연이 있었다는 사실은 숨겼지만, 이 세계에서 서로 말이 통한 이유를 장로들이 납득하기에는 충분하고도 남을 정도의 정보를 꺼냈다.

"이상입니다."

리오는 설명을 마쳤다.

장로들은 리오가 말하는 동안 시종일관 침묵을 관철했으나, 설명이 끝나자 숨 쉬는 게 생각났다는 듯이 나란히 숨을 크게 내쉬었다.

"흐으음. 당장은 믿기 어렵지만…… 사실일 테지."

제일 먼저 실드라가 입을 열었다. 답답한 신음을 흘리더니 리오의 말을 믿기로 했다.

"……믿어주시는 겁니까?"

바로 믿어줄 줄은 몰랐는지 리오가 놀라서 물었다.

"리오 도령의 말이다. 처음부터 의심하지 않았다. 그리고 실제로 말이 통하지 않았는가. 가령 거짓말을 하더라도 일부러 이렇게 황당무계한 설명을 할 리는 없지."

실드라가 쓴웃음을 지으며 고개를 끄덕였다.

"하지만 황당무계한 건 사실이군. 리오 도령이 사실을

숨겨달라고 한 것도 이해가 되네. 기억을 가진 채로 환생하다니, 나도 오래 살았지만 처음 들어."

아슬라도 쓴웃음을 지으며 말했다.

"그렇겠죠……."

리오가 그러는 것도 당연하다는 듯이 고개를 끄덕였다.

"흠, 드뤼어스 님은 그런 사람을 만난 적이 있으십니까?"

도미니크가 입가에 손을 대고 마을에서 제일 오랜 역사를 걸어온 드뤼어스에게 물었다.

"없어. 내가 아는 한, 마을에 그런 사람이 나타난 적은 없어."

드뤼어스는 딱 잘라 부정했다. 전혀 짐작도 안 가는 모양이었다.

"그렇습니까……. 미안하다, 리오. 단서가 될 만한 사례라도 있었으면 좋을 텐데."

도미니크가 어쩔 수 없다는 태도로 어깨를 떨궜다.

"아뇨, 긴 역사 속에 그런 존재가 공식적으로 나타난 적이 없다는 걸 알게 된 것만 해도 큰 수확이에요. 어쩌면 제가 전생의 기억을 가진 것과 제가 아이시아와 어느새 계약한 것 사이에 뭔가 관련이 있지는 않을까 싶었던 적도 있는데, 그 생각은 한동안 보류하는 게 좋겠네요."

리오는 심각한 얼굴로 이야기를 듣다가 도미니크의 말에 웃으며 고개를 저었다. 전생의 기억을 가진 것이 확실한 사람이 한 명, 높은 확률로 가졌을 것으로 보이는 사람이 한 명 떠올랐지만, 지금은 사실을 밝히지 않았다.

"으음. 하다못해 아이시아가 어떤 정령인지 특정할 수 있으면 좋을 텐데…… 확실하게 말할 수 있는 건 내가 유일하게 아는 고위 정령의 종류는 아니라는 거야. 참고로 아이시아는 어느 계통이 특기야?"

"전부."

드뤼어스의 갑작스러운 질문에 아이시아가 태연자약하게 대답했다. 그러자 장로들이 동요하며 웅성거렸다. 질문한 드뤼어스도 경악했는지 눈을 크게 떴다. 리오는 왜 다들 놀랐는지 이해하지 못하고 의아해했다.

"……음. 내가 잘못들은 게 아니라면, 모든 계통의 정령술을 잘한다는 뜻이니?"

잠시 뒤, 드뤼어스가 머뭇거리며 다시 물었다.

한편, 그쯤 미하루 일행은 사라 일행의 안내를 받으며 청사 밖으로 나왔다.

청사 앞은 마을이었다. 엄청난 면적을 자랑하는 광장이 있고 아이들의 놀이터도 있었다. 조금 전에는 못 봤는데 지금은 여기저기에 마을 아이들이 뛰어다녔다.

『위에서 내려다본 광경도 굉장했는데, 아래에서 올려다봐도 엄청 크네. 이런 나무집을 짓다니. 정령의 주민들, 대단하다아. 거의 무슨 빌딩 같아.』

　마사토가 청사로 이용하는 나무집을 올려다보고 감탄하며 눈을 크게 떴다. 갑작스럽게 일본어로 중얼거렸지만, 마사토의 반응을 보고 무슨 말인지 알았는지 오피아가 흐뭇하게 입가에 미소를 그리며 슈트랄 지방 공용어로 말했다.

　"후후, 드뤼어스 님의 거목은 이 나무보다 더 커."

　"네? 우, 우와, 이것보다……요? 어어, 꼭 보고 싶어요."

　마사토는 오피아가 자기에게 말을 걸었다는 걸 알고 수줍어하며 어색한 말투로 대답했다.

　"헤벌쭉하지 마. 어울리지도 않는 말투까지 쓰고."

　아키가 한심하다는 눈초리로 마사토를 보고 어이없어하며 말했다.

　"무, 무슨, 말이야, 아키 누나. 이게 내 평소 말투라고."

　"말은 그렇게 해놓고 당장 본성을 드러내잖아?"

　마사토가 상기된 목소리로 반박하자 아키가 훗 웃었다.

　한편, 사라 일행은 무슨 일인지 잘 이해가 안 되는지 의아한 표정으로 미하루에게 설명해달라는 눈빛을 보냈다.

　"아, 으음, 마사토가 의외로 낯을 가리는지, 오피아 씨가 말을 걸어서 조금 긴장한 것 같아요……."

　미하루는 마사토의 심정을 사라 일행에게 설명했다.

　"미, 미하루 누나, 일일이 설명할 필요 없어!"

　마사토가 부끄러워하며 소리쳤다.

　"낯가리는 거랑은 조금 달라요. 마사토는 귀엽고 예쁜

연상한테 약하거든요. 특히 처음 만났거나 자주 만난 적 없는 사람한테는 더 그래요."

아키가 마사토의 약점을 깨끗하게 밝혀버렸다.

"악— 악— 아키 누나!"

마사토가 당황해서 아키의 목소리를 덮으려고 했다. 그러나 사라 일행은 아키의 설명을 들었는지 피식 웃었다.

"아하하, 그렇군요. 고맙다고 해야 하나?"

오피아만 창피해하며 고맙다고 했다.

"아, 진짜, 장가는 다 갔어!"

마사토는 얼굴을 가리며 그 자리에 쪼그려 앉았다. 그야말로 쥐구멍에라도 들어가고 싶은 심경이었다. 그러자 사라 일행이 더 재미있다는 듯이 키득키득 웃었다.

"재미있는 아이네요."

아르마가 마사토를 보고 웃으며 말했다.

"저런 농담을 하는 거 보니 괜찮나 봐요. 그리고 여기 있는 사람들이 너랑 결혼할 일은 없으니까 안심해. 자, 통행에 방해되니까 얼른 일어나."

아키가 수치심에 몸부림치는 마사토를 사정없이 채찍질했다.

"으으, 알았슈. ……그런데 우리 왠지 주목받고 있지 않아?"

허세부리며 일어난 마사토는 마을 아이들이 멀찍이서 그들을 보고 있다는 걸 알아차렸다. 외모 나이는 다섯 살

전후에서 10대 중반 정도로 폭넓었다.

"마을 밖에서 오신 여러분이 신기한가 봅니다."

사라가 설명했다.

"아침 공부 뒤의 훈련과 운동 시간인가 보네요. 벨라와 아르슬란도 있어요."

아르마가 아이들의 한쪽을 가리키며 말했다. 그러자 은 늑대 수인 벨라와 사자 수인 아르슬란이 무리에서 빠져나 왔다.

"사라 언니! 저 세 사람이 리오 오라버니와 함께 온 사람 들이에요?!"

벨라가 사근사근 웃으며 말했다. 미하루 일행을 의식했는 지 정령의 주민의 말이 아닌 슈트랄 지방 공용어로 말했다.

"맞아, 마을을 안내하는 중이야."

라티파가 웃으며 고개를 끄덕였다.

"역시나! 리오 오라버니처럼 머리카락이 검은색이라 바 로 알았어요. 처음 뵙겠습니다. 저는 사라 언니의 동생인 벨라예요."

벨라가 미하루 일행을 보고 꾸벅 허리 숙여 인사하며 자 기소개를 했다.

"처음 뵙겠습니다. 하루…… 리오 씨와 동향인 미하루라 고 해요. 잘 부탁해요."

미하루가 얼른 이름을 댔다. 참고로 미하루 일행이 이세 계에서 왔다는 사실은 장로진과 일부 사람을 제외하고 대

외적으로는 숨기기로 했다. 그래서 미하루는 자신들이 리오의 동향사람이라고 설명했다. 그리고 리오를 하루토라고 부르는 이유를 설명하는 것도 번거로우니 일부러 리오라고 불렀다.

"네, 네. 우와아…… 아름다운 분이네요, 아르슬란."

벨라가 미하루의 미소를 보고 눈을 크게 뜨며 고개를 끄덕였다.

"나, 나한테 묻지 마!"

묵묵히 벨라 옆에 서 있던 아르슬란이 벨라의 작은 목소리에 부끄러워하며 소리쳤다.

사라는 허둥거리는 아르슬란을 보고 피식 웃었다.

"이 아이의 이름은 아르슬란. 벨라와 라티파의 친구입니다."

그리고 본인이 대신해서 미하루 일행에게 그를 소개했다.

"……아르슬란이야. 잘 부탁해."

아르슬란은 뺨을 살며시 붉게 물들이고 고개를 돌리며 이름을 댔다.

"나는 마사토. 열두 살이야."

"저는 아키예요. 마사토보다 한 살 많은 열세 살입니다."

마사토와 아키도 각자 자기소개를 했다.

"아키랑 우리랑 나이가 같네요. 또래 친구는 대환영이에요. 둘 다 잘 부탁해요."

벨라가 허물없는 미소를 지으며 두 사람에게 말했다.

"보신대로 이 둘은 슈트랄 지방 공용어를 할 수 있고 라티파와도 사이가 좋으니 앞으로 교류할 기회가 많을 겁니다. 친하게 지내주세요."

사라가 바로 뒤를 이어 미하루 일행에게 말했다.

"물론이죠."

아키와 마사토가 입을 모아 대답했다.

"그런데 이제 다들 어디로 갈 거예요?"

벨라가 고개를 갸웃거리며 물었다.

"리오 씨가 최장로님들과 대화하는 동안, 앞으로 이분들이 지낼 집으로 안내하던 중이에요."

"아~ 좋겠다~ 우리도 가고 싶어요!"

아르마의 대답에 벨라가 부러워하며 말했다.

"안 됩니다. 둘은 지금부터 훈련해야 하잖아요?"

사라가 딱 잘라 거절했다.

"그래, 벨라. 오늘은 모처럼 우즈마 씨가 지도해주는 날이라 빠지기 아까워. 나중에 놀러가자."

몸이 근질근질해 보이는 아르슬란이 벨라를 말렸다.

"으~ 어쩔 수 없네요."

벨라가 마지못해 물러났다.

"저기 있잖아, 훈련이라니 무슨 훈련을 해?"

마사토가 관심이 생겼는지 질문했다.

"물론 전투훈련이지. 마을 전사장이 교관이야."

아르슬란이 자랑스럽게 대답했다.

"전투훈련이라고……."

마사토가 부러운 듯이 중얼거렸다.

"나는 양손 검을 써. 마사토는 쓸 수 있는 무기 있어?"

"아니, 나는 그런 훈련은 받은 적이 없어서……. 그치만 관심은 있어."

아르슬란의 물음에 마사토가 쭈뼛거리며 대답했다.

"응? 너 검술 배우고 싶어?"

아키가 눈을 크게 뜨고 의외라는 듯이 물었다.

"으, 응. 공부만 하면 몸이 둔해지니까."

"흐음……."

"뭐, 뭔데. 별 상관없잖아."

"위험하지만 않으면 괜찮을 것 같은데…… 미하루 언니는 어떻게 생각해?"

생각에 잠긴 아키가 갑자기 미하루에게 물었다.

"응? 으음, 위험한 건 그다지 마음에 들지 않지만, 마사토의 의사를 존중하고 싶어. 아, 그래도 하루…… 리오 씨의 허락은 받아야 해."

미하루는 조건부로 긍정적인 대답을 했다.

"리오 씨라면 스승으로도 적격이죠. 마사토 군이 진심으로 검술을 배울 기개를 가졌다면 진지하게 상담해줄 겁니다."

사라가 단호하게 말했다.

"역시 하루…… 리오 형은 강한가요?"

마사토가 공손한 말투로 예의바르게 물었다.

"네. 순수한 근접전투능력은 물론, 중거리부터 원거리까지 공격적인 정령술을 이용한 전투까지, 마을에서 1, 2위를 다툴 만큼 강합니다."

사라가 자랑스럽게 말했다.

"사라 언니, 한 번도 리오 씨를 못 이겨봤죠."

아르마가 훗 웃으며 말했다.

"그, 그건 당신도 마찬가지지 않습니까."

"자자, 둘 다 열심히 훈련 중이잖아. 나중에 리오 씨에게 성장한 모습을 보여주자."

사라가 당황해서 반박하자 오피아가 흐뭇해하며 말했다.

"그럼 나도 다음에 리오 형한테 대련해달라고 해야지. 마사토도 검술을 배울 거면 조만간 대련해보자. 단련시켜 줄게."

아르슬란이 마사토를 보며 도전적인 미소를 지었다.

"아르슬란도 햇병아리지 않습니까. 초심자를 단련시키다니 아직 한참 일러요."

사라가 어이없어하며 아르슬란에게 말했다.

"하하, 대련이라니 바라던 바야. 리오 형에게 부탁해볼 테니 그때는 잘 부탁해, 어, 아르슬란."

"응, 기다릴게!"

마사토가 쑥스러워하며 말하자 아르슬란이 힘차게 고개를 끄덕였다.

◇ ◇ ◇

　미하루 일행은 벨라와 아르슬란과 헤어진 뒤, 사라 일행
의 안내를 받아 앞으로 머물 집으로 갔다. 마을 중심부에
위치하고, 거리는 청사에서 걸어서 몇 분 정도. 여러 그루
의 수목을 기둥 삼은 나무집이었다. 일행이 집 앞에 멈춰
서자 사라가 미하루 일행에게 말했다.

　"이 집이 앞으로 여러분이 지낼 집입니다."

　"……굉장해. 이렇게 멋진 집에서 지내도 될까요?"

　미하루가 나무집을 올려다보고 머뭇거리며 질문했다.

　"물론입니다. 이곳은 빈집이라―."

　"―전에 나랑 오빠가 같이 살았던 집이야."

　사라가 고개를 끄덕이고 대답하자 라티파가 기뻐하며
끼어들었다.

　"이 녀석, 라티파. 그렇게 말하면 당신과 리오 씨, 단 둘
이 산 것처럼 들리지 않습니까. 우리도 같이 살았잖아요?"

　사라가 조금 토라진 듯이 라티파의 말을 정정했다. 그러
자 미하루 일행이 조금 놀랐는지 눈을 동그랗게 떴다. 특
히 마사토가 놀랐다.

　"응? 왜 그러십니까?"

　사라가 미하루 일행의 표정 변화를 알아차리고 쭈뼛쭈
뼛 물었다.

　"……우리라니, 오피아 씨와 아르마 씨도 같이?"

마사토가 되물었다. 연상인 사라 일행을 「누나」라고 친근하게 부르는 건 아직 어색한 모양이었다. 뭐, 곧 익숙해지겠지만.

　"네."

　"다, 다섯 명이서?"

　사라가 이상하다는 듯이 고개를 끄덕이자 마사토가 상기된 목소리로 재확인했다.

　"으, 응."

　사라가 당황해하며 고개를 끄덕였다.

　"대박, 부럽다."

　마사토가 무의식적으로 중얼거렸다.

　그러자 옆에 서 있던 아키가 불쾌해하며 눈썹을 찌푸렸다.

　"뭔데. 여태까지 남녀 비율이 한쪽으로 쏠린 집에서 살았잖아. 불만이었나 봐?"

　차가운 미소를 짓고 사라 일행이 볼 수 없게 마사토를 꼬집었다.

　"아얏. 아파, 아키 누나."

　마사토가 고통을 호소했다. 아키는 얼른 손을 놓고 시치미를 떼며 휙 고개를 돌렸다.

　"후후, 둘이 사이가 좋구나."

　라티파가 아키와 마사토 남매를 보고 즐겁게 웃었다.

　"아니, 전혀. 맨날 싸우는걸."

　마사토가 질려서 고개를 저었다.

"싸울 만큼 사이가 좋군요."

아르마가 피식 웃으며 말했다.

"응, 응. 마치 사라와 아르마 같네."

오피아가 쾌활하게 동의하자 아르마와 사라의 눈이 우연히 마주쳤다.

"……그렇지 않을지도 모르겠네요."

아르마가 뺨을 붉히고 창피해하며 중얼거렸다.

"정말, 무슨 말을 하는 겁니까? 이제 그만 안으로 들어가죠."

사라가 어이없어하며 말하고 현관으로 성큼성큼 걸어갔다. 옆얼굴이 은근히 붉었다. 미하루는 멋쩍음을 감추려는 사라를 보고 즐겁게 미소 지었다. 그러자 라티파가 미하루의 옷자락을 꾹꾹 잡아당겼다.

"응? 왜 그래? 라티파."

미하루는 부드럽게 웃으며 라티파에게 대답했다.

"있지. **미하루 언니라고 불러도 돼?**"

라티파가 한가득 기대를 담은 눈으로 미하루의 눈을 똑바로 올려다보며 물었다.

"물론, 괜찮아."

미하루는 순간 눈을 크게 떴다가 기뻐하며 고개를 끄덕였다.

"에헤헤, 고마워. 미하루 언니. 오빠에 대해서 많이 알려줘."

"응, 좋아……. 그런데 나보다 라티파가 하루토 씨를 더 많이 알지 않을까?"

"으음, 그럴 수도 있는데 미하루 언니네 눈에 오빠가 어떻게 보이는지 듣고 싶어. 미하루 언니네에 대해서 많이 가르쳐줬으면 좋겠고, 우리에 대해서도 많이 알아줬으면 좋겠어. 빨리 친해지고 싶으니까."

말을 마친 라티파가 허물없는 미소를 지었다.

"후후. 그런 거라면 기꺼이. 잘 부탁해, 라티파."

미하루도 허물없는 미소를 지으며 고개를 끄덕였다.

"응. 잘 부탁해, 미하루 언니!"

라티파와 미하루가 서서 대화를 나누는 사이, 사라 일행은 현관 앞으로 이동했다.

"미하루 씨, 라티파. 무슨 일 있습니까?"

사라가 두 사람에게 말을 걸었다.

"아무것도 아니야. 있지, 있지, 집 안내 끝나면 다 같이 차 마시자! 과자 있어?"

라티파가 미하루의 손을 잡고 그렇게 말하며 천천히 달렸다.

"응, 있어."

"조금만입니다. 곧 점심시간이니까요."

오피아가 고개를 끄덕이자 사라가 얼른 주의를 붙였다.

미하루는 바로 옆에서 대화를 지켜보며 키득 웃었다.

'좋은 아이구나, 라티파. 그리고 사라 씨네도, 다들 상냥해.'

미하루는 마을로 이주하는 것이 막연히 불안했지만, 지금은 아무 문제없이 잘 해나갈 수 있을 것 같다는 생각이 들었다. 뭔가 좋은 일이 일어날 것 같은, 그런 예감이 든 순간이었다.

미하루 일행은 집 내부를 안내받고 리오 일행의 얘기가 끝날 때까지 대기했다. 그 사이, 벨라와 아르슬란이 놀러 와서 라티파를 포함해 마사토와 아키, 또래 그룹이 우정을 쌓다보니 순식간에 환영회 시간이 다가왔다.

◇ ◇ ◇

저녁 무렵. 미하루 일행은 사라 일행의 안내를 받아 마을 청사를 다시 방문했다.

저층 대식당에 발을 들이니 수많은 원탁이 있고 뷔페식으로 맛있는 음식이 잔뜩 있었다.

"오오오, 대박! 먹을 거다!"

"맛있겠다! 참가하길 잘했어!"

마사토와 아르슬란 두 남자조가 음식을 앞에 두고 소란을 피웠다. 둘은 마음이 맞는지 단시간에 제법 의기투합했다.

"마사토, 보기 안 좋으니까 너무 심하게 떠들지 마. 마을 높은 분들 가족이 오늘 이 자리를 마련해주셨다니까 최소한의 매너는 지켜."

아키가 마사토에게 주의를 줬다.

"아키는 어머니 같은 말을 하네."

"그렇지? 무슨 일만 있으면 저렇게 잔소리를 해서 버틸 수가 없다니까."

아르슬란과 마사토가 속닥속닥 귓속말을 주고받았다.

"저기요, 다 들리거든요."

아키가 억지미소를 지으며 마사토와 아르슬란에게 말했다.

"아, 아이참, 아키. 오늘은 환영회니까 너무 격식 갖추지 않아도 된대."

"맞아요. 편하게 즐겨주세요."

라티파와 벨라가 웃으며 아키를 달랬다. 그렇게 뭉친 어린이 5인조 옆에서 미하루는 사라, 오피아, 아르마 세 사람과 대화를 나눴다. 이쪽은 이쪽대로 제법 마음을 터놓았는지 어색하지 않았다.

"이렇게나 멋진 파티를 열어주셨네요……."

미하루가 눈을 동그랗게 뜨고 조금 긴장한 기색으로 회장 안을 둘러봤다.

"마을 상층부 가문은 대부분 출석하는 모양이에요. 드뤼어스 님과 아이시아 님도 출석하셔서 요리를 맡은 분들이 힘 쓰셨다고 해요. 다들 떠들고 놀 구실을 찾았다고 기뻐할 테니 그렇게 긴장하지 않아도 돼요, 미하루 언니."

아르마가 미하루의 긴장을 풀어줬다. 아르마는 미하루를 사라와 오피아를 부를 때처럼 「언니」라고 부르기로 한 모양이다.

"아르마의 말이 맞습니다. 술이 들어가면 갑자기 소란스러워져요."

"아하하, 처음 겪으면 조금 놀랄지도?"

사라와 오피아가 쓴웃음을 지으며 말했다.

"참가자들이 속속 오네요."

아르마가 회장을 둘러보며 말했다. 조금 전부터 식당 출입구에 끊임없이 마을 사람들이 나타났다.

"야아, 사라 님, 오피아 님, 아르마 님. 안녕."

고양이 수인 소녀 아냐가 다가와 사라 일행에게 말을 걸었다.

"안녕하세요, 아냐 씨."

사라 일행이 웃으며 대답했다.

"그 귀여운 아이가 리오 군과 동향이라는 소문의 손님이야?"

"네. 미하루라고 해요. 이쪽은 고양이 수인인 아냐 씨입니다."

사라가 아냐와 미하루에게 서로를 소개했다.

"처음 뵙겠습니다. 미하루라고 합니다. 잘 부탁드려요, 아냐 씨."

미하루가 예의바르게 허리를 숙였다.

"잘 부탁해, 미하루. 응, 역시. 리오 군 주위에는 귀여운 아이뿐이네."

아냐가 미하루에게 다가가 손을 잡고 즐겁게 웃었다.

"앗, 아뇨, 딱히 그렇지는……."

미하루는 안절부절못하고 뺨을 붉혔다.

"리오 군은 경쟁률이 높으니까. 고민 있으면 상담해줄게."

아냐가 냐냐 웃고 짓궂게 미하루를 떠봤다.

"아, 아뇨, 그, 괜찮……다고 생각해요."

미하루는 부끄러운지 고개를 숙였다.

"아냐 씨. 미하루를 너무 괴롭히지 마세요."

그러자 사라가 한숨을 내쉬며 아냐에게 주의를 줬다.

"네―. 앗, 내 친구도 왔으니 모두에게 소개할게. 여기야―!"

아냐가 말을 길게 늘이며 대답하고 마침 회장에 온 또래 소녀들을 불렀다. 미하루는 한동안 마을 소녀들과 교류했다.

마사토와 아키도 그들 또래 아이들과 친분을 쌓았다. 마을 어른들은 젊은 세대의 이종족 교류를 흐뭇하게 지켜봤다.

그러는 사이, 출석자가 거의 다 모였다.

"그럼 슬슬 시작하도록 하지. 모두 정숙하도록."

난데없이 최장로 실드라의 목소리가 장 내에 울려 퍼졌다. 바람의 정령술로 자신의 목소리를 키운 것이다. 떠들썩했던 회장 분위기가 순식간에 가라앉았다. 회장 사회자 석에 서 있는 실드라, 도미니크, 아슬라에게 사람들의 이목이 집중됐다.

"지금부터 아이시아 님과 드뤼어스 님이 입장하신다. 다들 알고 있겠지만, 너무 격식을 갖추지는 않기를 바란다."

실드라는 장 내가 조용해진 것을 확인하고 그곳에 있는

사람들을 둘러보며 씁쓸한 웃음과 함께 말했다. 신분지위를 막론하고 즐기는 것은 늘 있는 일인지 출석자들 사이에서 자연스럽게 웃음소리가 흘러나와 회장 분위기가 부드러워졌다.

"하루토 씨가 안 보이는데요…….."

"그러게요. 늦게 출석하는 걸까요?"

미하루가 회장을 둘러보며 중얼거리자 사라도 장 내를 두리번두리번 둘러봤다. 그러는 사이에도 사회는 순조롭게 진행됐다.

"그럼 두 분, 들어와 주십시오."

실드라가 밖에서 대기하던 아이시아와 드뤼어스를 불렀다. 지켜보는 아슬라와 도미니크의 얼굴에 짓궂은 미소가 걸려있었지만, 알아차린 사람은 없었다. 진행 도우미가 회장 문을 열자 미하루와 사라 일행을 포함해 장 내에 있는 사람들의 시선이 자연스럽게 문으로 쏠렸다.

그 직후, 출석자들이 술렁거렸다.

문이 열리고 분명 아이시아와 드뤼어스가 나타났지만, 의도적으로 자취를 감췄을 제3의 인물— 리오도 같이 있었기 때문이었다.

리오는 양옆에 있는 아이시아와 드뤼어스에게 팔을 붙들린 채로 어딘가 불편한지 씁쓸한 미소를 짓고 있었다. 평소처럼 멍한 아이시아의 표정과 즐겁게 미소 짓는 드뤼어스의 표정이 무척 인상적이었다.

"리오 씨?!" "오, 오오⋯⋯."

사라는 눈을 크게 뜨고 자기도 모르게 얼빠진 목소리를 냈다. 오피아와 아르마도 놀라서 눈을 크게 떴다. 출석한 마을 주민들도 놀라움 반, 나머지 반은 아이시아와 드뤼어스라는 두 인간형 정령이 함께 걷는 모습을 본 감동으로 반쯤 말을 잃었다.

"아하하, 역시 리오 군이야. 제법인데."

한편, 아냐는 고양이귀와 꼬리를 까딱거리며 즐겁게 웃었다.

정령의 주민은 인간형이 될 수 있는 준고위급 이상의 정령을 반쯤 신성시했다. 그런 존재를 양손에 꽃 삼아 동행하다니, 정령의 주민에게는 엄청난 명예— 아니, 아냐에게는 재미있어 죽을 것 같은 일이었다. 최장로 세 사람도 사회자석에서 회장 반응을 확인하고 계획이 성공했다며 즐겁게 웃었다.

리오는 그대로 아이시아와 드뤼어스를 에스코트해서 사회자석 옆에 있는 단상으로 이동했다.

"자, 서프라이즈가 막 끝난 뒤지만, 오늘, 마을에 와주신 아이시아 님을 모두에게 소개하겠다. 이미 다들 알 테지만, 아이시아 님은 여기 있는 리오 도령의 계약정령이시다. 오래 잠드셨던 탓에 기억이 모호한 모양이지만, 새로운 인간형 정령과의 해후가 무척 축하할 일임에는 틀림없다. 그리하여, 오늘 밤은 자그마한 연회를 개최하기로 했다."

실드라가 의젓하게 말했다.

"오늘 밤은 리오 도령이 데려온 세 친구의 환영회도 겸했네. 맹우인 리오 도령이 소중히 여기는 친구라면 우리의 친구이기도 하지. 마을에서의 삶을 즐길 수 있도록 모두 성대하게 대접하세나. 그럼 일단 세 사람은 단상으로."

아슬라가 미하루 일행을 단상으로 불렀다.

"네?"

미하루 일행은 몸을 움찔하고, 들뜬 회장을 두리번두리번 둘러봤다. 리오는 세 사람의 반응에 키득 웃었다.

"미하루 씨, 괜찮아요. 이쪽으로 오세요."

먼저 제일 연장자인 미하루를 불렀다. 그러자 미하루가 작게 심호흡을 하고 머뭇거리며 단상으로 올라갔다. 연장자인 미하루가 움직이자 아키와 마사토도 뒤를 따랐다.

"어서 와, 미하루."

미하루가 오자 아이시아가 조용히 말했다.

"으, 응. 엄청 주목받고 있어. 아하하, 조금 긴장했나 봐. 으으……."

미하루가 쑥스러워하며 실내에 있는 사람들과 마주했다. 마을 사람들과 눈이 마주치자 얼굴을 새빨갛게 물들이고 꾸벅꾸벅 허리를 숙였다. 아키와 마사토는 미하루 뒤에 숨었다. 마을 사람들은 따뜻한 시선으로 미하루 일행을 지켜봤다.

"진짜, 서프라이즈가 지나치잖아, 하루토 형."

"미안. 나도 사회 진행 쪽은 잘 몰라. 하지만 나쁘게 하지는 않을 테니 믿고 맡기자."

마사토가 한숨을 내쉬자 리오가 쓴웃음을 지으며 대답했다.

"그, 근데, 저, 사람 앞에 선 적이 거의 없어서 엄청 긴장돼요."

평소에는 쿨한 아키도 이번에는 목소리가 상기됐다.

그러자 리오가 그 기분을 잘 안다는 듯이 고개를 끄덕이고 사회를 맡은 실드라에게 말을 걸었다.

"그렇다고 하니 살살 부탁드려요, 실드라 씨."

"하하하, 그렇군. 다들 본래 귀여운 세 사람이다. 하루라도 빨리 마을 생활에 익숙해지도록 환영해야 하지 않겠나. 모두 잔을 들도록."

실드라가 유쾌하게 웃으며 고개를 끄덕이고 실내를 둘러보며 건배 준비를 재촉했다. 그러자 참가자들이 원탁에 놓인 잔을 들었다. 단상에 있는 리오 일행에게는 급사 역할을 맡은 사람이 트레이에 잔을 들고 와줬다.

모두 손에 음료수가 든 잔을 들었다.

"모두에게 잔이 간 것 같군. 그럼 훌륭한 해후를 축하하며. 건배!"

실드라가 잔을 높이 들며 건배 선창을 했다.

"건배!"

출석자들도 고양돼서 잔을 들고 건배를 외쳤다.

"좋아, 마시자, 떠들자, 즐기자! 젊은 녀석들은 이 기회에 아이시아 님과 손님에게 인사해라. 자자."

연회 분위기를 띄우고자 애주가인 도미니크가 솔선해서 움직였다. 여기저기 돌아다니며 사양하는 젊은이들에게 기합을 넣어주고 단상으로 이동하라고 독촉했다.

그러자 이미 아는 사이인 사라 일행은 물론 그렇지 않은 소년소녀들도 모두 아이시아와 미하루 일행 쪽으로 이동하기 시작했다.

"세 사람을 돕는 건 저희에게 맡기시고 리오 씨는 아이시아 님을 도와주세요."

사라 일행이 솔선해서 리오에게 다가가 미하루 일행을 보좌하겠다고 말했다.

"고맙습니다. 부탁드려요."

"네. 그럼 세 사람은 이쪽으로 오세요."

사라 일행이 척척 처리하며 미하루 일행을 단상에서 조금 떨어진 곳으로 데려갔다. 한 곳에 뭉쳐있으면 인파가 쏠리기 때문에 나눠서 대응할 생각이었다. 효과가 있는지 미하루, 아키, 마사토, 세 사람 주위로 사람들이 적당히 모여들었다.

마을 소년소녀들이 적극적으로 말을 걸자 바로 교류가 시작됐다. 사라 일행이 윤활유가 되어 능숙하게 미하루 일행을 도운 덕분인지 미하루 일행은 과하게 긴장하지 않았다. 분위기가 좋았다.

'저쪽은 괜찮은 것 같아. 나도 열심히 해야지.'

리오는 안심하고 정신을 바짝 차렸다.

"여러분, 이쪽으로 오세요. 아이시아를 소개하겠습니다."

그리고 아이시아에게 말을 걸고 싶어 하는 사람들을 불러들였다. 격식 없는 연회이긴 하지만, 신성시하는 존재에게 말을 거는 건 어려웠다.

그러자 아이시아 주변에도 마을 젊은이들이 모여 감동하며 인사했다. 아이시아는 말수가 적었지만, 리오가 능숙하게 뒷받침해서 대화를 무르익게 했다.

그러는 사이, 마을 어른들 쪽은 연회 분위기가 달아올라서 회장이 떠들썩해졌다. 웃음이 끊이지 않는 시간이 흘렀다.

그렇게 정신을 차리고 보니 한 시간 정도 지났다.

"후후, 좋은 환영회네. 나도 즐겨야겠어."

드뤼어스가 회장 한 쪽에서 연회를 지켜보던 실드라와 아슬라에게 말했다. 도미니크는 이번에도 적극적으로 떠들며 연회 분위기를 북돋고 있었다.

"드뤼어스 님, 만족하셨다니 영광입니다."

실드라가 드뤼어스의 말을 듣고 기뻐하며 감사를 표했다. 아슬라도 기쁜지 고개를 끄덕이고 단상에 리오와 함께 있는 아이시아를 천천히 바라봤다.

"그런데 여전히…… 라기보다는, 아이시아 님의 정체가 더 수수께끼에 빠졌군요. 어쩌면 신마전쟁 때 소실된 고위 정령 님의 한 부분이 아닐까 싶습니다만……."

아슬라가 조금 괴로운 듯이 말했다.

"으음, 확실히 그래. 잠재능력은 상당히 높은 것 같아. 기억을 잃은 폐해인지 정령으로서 힘을 쓰는 방법을 확실하게 이해하고 있지 못한 것 같지만, **모든 계통에 뛰어난 인간형 정령이라니 들어본 적도 없어.** 진지하게 싸우면 난 못 이겨."

드뤼어스도 보기 드물게 심각한 표정으로 고개를 끄덕였다.

사람에게 잘하고 못하는 정령술 계통이 존재하듯이, 정령도 잘하고 못하는 정령술 계통이 존재한다. 그리고 이 법칙은 중위 이상의 격 높은 정령일수록 더 현저히 드러난다. 그것이 정령의 주민들이 여태까지 알던 상식이었다.

그들의 경험에 의하면 저위 정령일 때는 잘하고 못하는 계통이 없어도, 격이 올라가면 어떤 계통에 눈을 뜨고 그 계통에 특화된 정령이 되었다. 중위 이상의 정령은 잘하는 계통 외의 정령술을 전혀 못 쓰지는 않지만, 잘하는 계통에 비하면 크게 뒤떨어졌다.

그래서 인간족 중에는 드물게 수많은 계통의 정령술을 구사하거나 모든 계통의 정령술을 쓰는 사람이 있는 반면, 중위 이상의 정령 중에는 그런 존재가 확인된 적이 단 한 번도 없었다. 기껏해야 상성이 좋은 여러 계통을 잘 다루는 정령이 드물게 있는 정도였다. 실제로 드뤼어스도 땅 속성을 주로 다루는 준고위 정령이고, 일찍이 여섯 체 있었다는 고위 정령들조차 각자 잘하는 여섯 계통을 전문으로 다루었다고 한다.

그래서 드뤼어스와 마을 장로들은 설마 아이시아가 모든 계통의 정령술을 잘할 거라고는 상상도 못했다. 그야말로 청천벽력이라고밖에 할 수 없는 충격을 받은 것이 아까나눈 대화의 전말이었다.

"드뤼어스 님께서 그렇게 말씀하실 줄이야. 리오 도령을 포함해 그만큼 아이시아 님이 특이한 존재인가 봅니다. 어쩌면 일찍이 소실된 고위 정령 이상으로……."

실드라가 아이시아에 대한 경의를 담아 말했다.

"천년도 더 전에 각 계통의 정점에 섰다는 여섯 고위 정령과 모든 계통을 잘하는 최소 준고위 이상의 정령…… 과연 어느 쪽이 특이한 존재일까?"

드뤼어스가 강한 호기심을 보이며 미소 지었다.

"뭐, 리오 도령도 아이시아 님도 스스로의 특이성을 인식하지 못하는 것 같습니다만."

아슬라가 유쾌하게 웃었다.

사람과 정령은 잘하고 못하는 계통이 있다. 지금까지의 경험에 의하면 모든 계통을 잘하는 존재는 무척 희귀하다. 리오는 자신과 정령인 아이시아 둘 다 희귀한 탓에 경험에 근거한 결과와 달리 살짝 잘못된 인식을 갖고 있었다.

실제로는 저위 정령은 제쳐놓고, 중위 이상의 정령이 되면 예외 없이 한 계통에 특화된다. 모든 계통을 잘할 수가 없는데, 이쪽 관련 지식은 정령의 생태에 관한 지식 중에서도 조금 세세한 분야라 리오가 지금까지 오해할 만도 했다.

"앞으로 리오와 아이시아가 마을에 머무는 동안, 내가 정령에 관한 지식을 가르쳐줄게. 이렇게 호기심이 생긴 건 제법 오랜만이네."

드뤼어스가 말을 마치고 지금도 마을 주민들과 대화를 나누는 리오와 아이시아를 바라봤다.

◇ ◇ ◇

아이시아와 미하루 일행를 환영하는 잔치는 밤늦게까지 계속 됐고, 떠들썩한 시간은 순식간에 끝이 났다.

"자아, 집으로 돌아갑시다!"

조금 취한 사라가 기분 좋게 앞장섰다. 리오 일행은 오늘부터 머물기로 한 집으로 갔다. 청사 밖으로 나오니 서늘한 봄 밤바람이 그들의 몸을 감쌌다.

"후와~ 엄청 먹고 마셨어!"

마사토가 작게 트림을 하고 배를 통통 두드렸다.

"완전 아저씨 같아, 마사토."

아키가 한숨을 내쉬며 마사토에게 잔소리를 했다. 대화를 나누는 남매를 보고 미하루와 라티파가 즐겁게 웃었다.

"그런데 마을에 머무는 동안 세 분도 같이 산다고 들었습니다만……."

한편, 옆에 있던 리오가 사라 일행에게 말했다.

"네. 최장로님들께서 마을 생활에 빨리 익숙해지도록 같이 지내라고 하셨습니다. 앗, 미하루와 아이들에게 이미 승낙 받았습니다."

사라가 고개를 끄덕이고 사정을 설명했다.

"물론 나도 같이 살 거야!"

옆에서 듣고 있었는지 라티파가 리오의 팔에 꼭 달라붙었다.

"알아."

리오는 부드럽게 미소 짓고 라티파의 머리를 다정히 쓰다듬었다.

"후후, 같이 살았던 때가 떠오르네요. 기대돼~ 재미있겠다~."

오피아가 기뻐하며 미소 지었다.

"이번에는 더 떠들썩할 것 같습니다."

"사라 언니가 계속 기대했었죠."

사라가 한숨을 내쉬자 아르마가 후훗 웃으며 놀렸다.

"아, 아르마야말로. ⋯⋯방 준비는 전부 해놨으니 집에 도착하면 누가 어디서 잘지 정할까요?"

사라가 쑥스러운지 다른 곳을 보며 말하고 허둥지둥 걷는 속도를 올렸다. 뺨이 살짝 붉은 건 술이 들어가서 그런 가보다.

"에헤헤, 다 같이 한 방에 자면서 이야기하고 싶어."

라티파가 행복하게 웃었다.

"응? 다, 다 같이?"

"당연히 너 빼고지."

마사토가 허둥지둥 반응하자 아키가 쌀쌀맞게 일축했다.

"그, 그건 아니지! 하루토 형은 돼?!"

마사토가 한심한 소리를 내며 낙담하자 여자들이 즐겁게 웃었다. 일행은 그 뒤에도 신나게 떠들며 몇 분 만에 집에 도착했다.

정령환상기

【 　막간　 】 ❋ 능력자 리제롯테 크레티아

　시간이 조금 흘러 장소는 슈트랄 지방.

　가르아크 왕국 남서쪽에 있는 교역도시 아망드. 그곳의 대관을 맡은 물색 머리카락의 공작 영애 리제롯테 크레티아는 저택을 방문한 중요한 손님 네 분을 접대하는 중이었다.

　중요한 손님이란 약 3개월 전에 이 세계에 소환된 용사 사카타 히로아키와 벨트람 왕국의 왕후귀족 셋(제2왕녀 플로라, 유그노 공작가 당주 구스타브, 그리고 폰테인 공작가 영애 로아나)이었다.

　아무리 리제롯테가 가르아크 왕국 굴지의 대귀족의 영애이며 인근 여러 나라에도 이름을 떨치는 리카 상회의 회장이라 해도 무시할 수 없는 사람들이었다. 정오쯤에 히로아키 일행이 저택을 방문하자 일단 회식 자리를 만들어 친분을 쌓기로 했다.

　코스 형식으로 나오는 미식에 히로아키뿐만 아니라 플로라 일행도 혀를 내둘렀다. 식사 중에는 리제롯테가 호스티스로서 능숙하게 화제를 다뤘고, 히로아키 일행은 충실한 시간을 보냈다. 모두가 마지막 디저트를 다 먹었을 때였다.

　"훌륭한 요리였습니다. 역시 본고장에서 먹는 파스타는 뭔가 다르군요. 마지막 디저트로 나온 케이크도 정말 맛있

었어요."

플로라가 정말 기쁜 표정으로 감상을 말했다.

"맞아. 제법 실력 있는 주방장을 고용한 모양이야. 설마 이세계에서 파스타를 먹을 줄은 몰랐는데…… 단언하지. 이 세계에 와서 먹은 요리 중, 지금 먹은 점심이 제일 맛있었어."

플로라와 나란히 상석에 앉은 히로아키도 만족한 표정으로 평가를 내렸다.

솔직히 히로아키는 이 세계 요리에 별 기대를 안 했는데, 실력 있는 요리사도 있다고 인식을 바꿨다.

"용사님, 플로라 왕녀 전하, 칭찬해주시다니 황송하기 그지없습니다. 저택 주방장을 대신하여 깊은 감사를 드립니다."

리제롯테가 조용히 고개를 숙이고 공손히 감사인사를 올렸다.

"그래, 뭣하면 내 전속 주방장으로 스카우트하고 싶을 정도라고 전해줘."

"어머, 그러면 제가 곤란합니다."

"아— 뭐 실제로 그렇게 생각할 정도로 맛있었거든."

히로아키가 그렇게 말하고 훗 웃었다. 실제로 그는 파스타를 두 번이나 리필했다. 이래놓고 맛없다고 하면 설득력이 없을 만큼 먹어댔다.

"후후, 감사합니다. 용사님이 이세계 출신이라고 하셔서 드셔주실지 불안했습니다만, 그렇게 말씀해주시니 안심입니다."

리제롯테가 안도했는지 생긋 미소 지었다.

"아— 그래? 잘 됐네. 파스타가 이 도시 특산물이라며? 실은 내가 있었던 세계에도 이거랑 비슷한 음식이 있거든."

순간적으로 리제롯테의 미소에 홀린 히로아키가 부끄러움을 얼버무리려는지 화제를 바꿨다. 그러자 플로라가 눈을 크게 뜨며 물었다.

"어머, 그런가요?"

"응. 이거 말고도 비슷한 동식물이 많아. 레시피와 주방장의 실력은 그렇다 치고, 세계가 바뀌어도 먹는 게 그다지 바뀌지 않은 건 솔직히 감사해."

히로아키가 이 세계에 와서 먹은 것을 떠올리며 대답했다.

"……저희와 용사님도 같은 인간족인 것 같고, 혹시 생태계가 그렇게 다르지 않은 것 아닐까요?"

리제롯테가 히로아키의 안색을 살피며 질문했다.

"그런가봐. 하지만 내가 모르는 동식물도 있어."

"흥미롭군요. 용사님이 사셨던 세계는 어떤 곳일까요."

"뭐, 이 세계보다는 문명이 훨씬 진화했지. 내가 있었던 나라는 일본이라고 하는데 그 세계에서 비교적 발전한 나라였어."

히로아키가 리제롯테의 질문에 대답했다.

"일본, 이요. 하나 궁금한 것이 있습니다만……."

리제롯테가 일본이라는 나라 이름을 듣고 눈을 살짝 가늘게 떴다.

"응? 뭔데?"

"용사님은 어떻게 우리와 말이 통하는 거죠?"

"……응? 무슨 말이야?"

리제롯테의 질문에 히로아키가 고개를 갸웃거렸다.

"아뇨, 이세계 나라에서 사용하는 언어가 그대로 이 세계에 통하다니 신기하지 않습니까?"

리제롯테가 더 구체적으로 질문했다. 그러자 히로아키도 바로 이해했다.

"아, 그러네. 확실히……."

"음, 어떻게 된 걸까요? 실제로 말은 통하고 있잖아요."

이번에는 플로라가 신기해하며 고개를 갸웃거렸다.

"언어의 발생기원에 여러 가지 가설이 있습니다만, 전혀 다른 곳에 완전히 똑같은 언어가 발달하는 일은 거의 불가능합니다. 지금은 슈트랄 지방에 공용어가 보급되어 있습니다만, 각지에 고유한 언어가 존재하는 데다가 용사님이 오신 곳은 이세계이니……."

리제롯테가 더 상세하게 설명했다.

'용사로서 소환됐을 때, 번역 마술이라도 걸렸나? 그런 마술이 있다는 말은 못 들었지만, 그렇게 생각할 수밖에 없어……. 기회가 있으면 검증해보도록 할까. **지금으로서는 리카 상회의 일부 상품에 지구 언어를 쓴 걸 이상하게**

여기지 않는 것 같은데……'

리제롯테는 그렇게 생각했다.

"과연, 그런 거군요."

플로라가 감탄하며 납득했다.

"뭐, 생각해봤자 답이 나올 문제도 아니고, 조금 신기하다 싶었을 뿐입니다. 죄송합니다. 이상한 말을 했군요."

너무 깊게 추궁하면 무례하다 여기고 미심쩍어할 가능성이 있다고 생각했는지 리제롯테는 부자연스럽게 추궁하지 않고 깨끗하게 물러났다.

"아니, 나도 다소 신기하다고 생각했어. 처음에는 차원이동 공식이라 생각하고 거의 신경도 안 썼거든."

히로아키가 별반 신경 쓰지 않으며 고개를 저었다.

"공식……이요?"

"아— 내가 종종 읽던 유행하는 소설 중에 차원이동물이 잔뜩 있었거든. 그 중에 오래 쓰인 설정을 놀리려고 공식이나 약속이라고 불러."

"그렇습니까. 용사님은 미식가임과 동시에 독서가이기도 하시군요."

리제롯테가 손으로 입가를 가리고 우아하게 웃었다. 하는 사람에 따라서는 꾸며낸 티가 날 수 있는 행동이었으나 귀하게 자란 그녀가 하니 제법 그럴듯해서 귀엽게 보였다.

"아— 아니 뭐 그렇지는 않지만, 사물을 꿰뚫어보는 혜안을 길렀다고 할 만큼은 섭렵했어. 소설뿐만 아니라 전반적으로 오락 작품에 일가견이 있어."

히로아키가 쑥스러운지 헤벌쭉하며 싫지만은 않은 태도로 말했다.

그 뒤에도 리제롯테가 히로아키를 살살 추켜올리고, 때로는 플로라 일행에게도 말을 걸며 밝은 식후 환담을 펼쳤다. 리제롯테가 경청을 잘하는지 히로아키도 점차 말문을 열었다. 그렇게 약 한 시간이 지나고 실내에 대기하던 한 시녀가 세 번째 차를 각자의 잔에 따랐다.

"어머, 벌써 시간이 이렇게 됐군요. 용사님의 말씀이 재미있어서 저도 참, 푹 빠져서 들어버렸네요."

리제롯테가 시계를 보고 아쉬워하며 말했다.

"아— 그래? 리제롯테와 좀 더 이야기하고 싶은데……."

히로아키는 아직 부족한지 얼굴에 그림자를 드리웠다.

"후후, 감사합니다. 하지만 유그노 공작님께서 하실 말씀이 있다고 하셔서 그 이야기도 나눠야 한답니다."

리제롯테가 히로아키에게 미안해하며 고개를 숙이고 유그노 공작에게도 고개를 숙였다.

"실례했습니다, 유그노 공작님. 저도 모르게 대화에 열중해버렸습니다."

"아닐세. 자네는 호스티스로서 분위기를 띄우는 역할을 훌륭하게 다했을 뿐이야. 히로아키 님과 플로라 왕녀 전하도 만족하신 것 같고 나도 흥미로운 이야기를 여럿 들었어. 사과할 것 없네."

유그노 공작이 밝은 미소를 지으며 고개를 저었다.

겉치레가 아니었다. 아무리 귀족 교육을 받았다고는 하나, 용사와 타국 왕족과 귀족을 접대하다니, 보통은 젊은 영애에게 너무 짐이 무거운 역할인데 리제롯테는 완벽하게 접대주의 역할을 다했다.

"그렇게 말씀해주시니 기쁩니다. 감사합니다."

리제롯테가 공손히 감사를 표했다.

'플로라 님과 같은 나이라니 정말 놀랍군. 소문이 사실이었어……. 아니, 소문 이상의 능력자인가. 한 살 위인 로아나 군도 상당한 능력자이지만, 그녀와 비교하는 게 미안할 정도다.'

리제롯테의 익숙한 동작을 본 유그노 공작은 히로아키의 보좌역으로 동석한 로아나를 힐끗 보고 내심 혀를 내둘렀다. 그리고 리제롯테를 높게 평가하며 그녀와의 면회를 바란 자신의 판단은 틀리지 않았다고 확신했다.

"할 말은 다름이 아니네. 후안무치하다는 건 알고 있으나, 리제롯테 양에게 부탁이 있네."

유그노 공작이 이 저택을 들른 본론을 꺼냈다.

"어머, 그렇습니까? 어떤 부탁입니까?"

리제롯테는 자못 놀란 듯이 눈을 크게 떴다.

"리제롯테 양이 우리를 지원해주길 바라네."

유그노 공작이 자칫 잘못하면 뻔뻔해 보일 수 있을 만큼 단도직입적으로 부탁을 밝혔다.

이런 교섭 시에 두려워하지 않고 자신의 의견과 요망을 말하는 담력은 귀족의 필수 스킬이었다. 분위기를 살피면서 바로 물러나다가 성과를 쟁취할 수 없는 경우도 있고, 자칫 잘못하면 꼬투리를 잡혀 상대의 페이스에 질질 끌려가는 일도 있다. 뻔뻔함은 귀족의 재능이라 해도 좋았다.

"그것은 로딘 후작령에 거점을 둔 유그노 공작님의 파벌에 지원을 해달라는 말씀이십니까?"

리제롯테가 안색을 바꾸지 않고 확인했다. 입장 상, 산전수전을 다 겪은 귀족과 상인을 수없이 접해온 그녀가 이 정도로 겁먹을 리 없었다.

"음, 그 말대로다. ……이 기회에 다 터놓고 이야기하고 싶네만, 리제롯테 양은 우리나라의 현재 상황을 어디까지 파악했나?"

유그노 공작이 갑자기 핵심을 찔렀다.

"……확정된 정보에 한해서는 수개월 전에 일어난 프로키시아 제국과의 분쟁에서 벨트람 왕국군이 대패. 전략적인 거점과 영토 일부가 점령된 것을 계기로 9년 전에 실각한 아르보 공작가가 대두해 복귀. 그 후, 아르보 공작은 폐하와 유그노 공작에게 패배 책임을 추궁하고 사전 교섭이라도 한 것처럼 깔끔한 솜씨로 정치적인 실권을 장악했다는 것 정도일까요?"

리제롯테가 소유한 정보망으로 수집을 마친 사실을 도도히 말했다.

"과연. 입증되지 않은 정보를 포함해 우리나라의 실정을 어디까지 파악했나 싶었네만, 머리가 수그러지는군."

유그노 공작이 씁쓸하게 큭큭 웃었다. 플로라와 로아나는 자국의 내정 상태를 정확하게 파악한 것이 의외였는지 놀란 모습이었다.

"일단은 귀족이자 상인 나부랭이인지라."

리제롯테가 서늘한 미소를 지으며 겸손해했다.

"하하하, 그만큼 정보를 파악했다면 이야기가 빠르지. 자네는 총명하다. 플로라 님이 이렇게 나와 동행하시는 의미도 이미 이해했겠지?"

"……유그노 공작님은 아르보 공작님께 대항하고자 플로라 님을 옹립시켰다는 말씀입니까?"

뒤집어 생각하면 벨트람 왕국의 왕 필립 3세가 플로라를 맡겼다고 바꿔 말할 수도 있었지만, 리제롯테는 일부러 그렇게 표현하지 않았다.

"그렇게 되네. 알지도 모르네만, 거기에 더해 우리는 가르아크 왕국과 물 밑에서 교섭하는 중이다. 우리의 후원자가 되어달라고 말이지."

"……한가지, 확인해주셨으면 하는 것이 있습니다. 지금 이 자리에 계신다는 것은 용사님도 유그노 공작파 편이 되신 것으로 인식해도 되겠습니까?"

유그노 공작의 대답에 리제롯테는 이야기를 확실히 하기 위해 히로아키를 바라봤다.

"그렇게 되지. 정말로, 나는 일반인으로서 눈에 띄지 않고 조용히 살고 싶은데 도저히 주변 상황이 허락하질 않는단 말이야."

히로아키가 어깨를 으쓱거리며 수긍했다.

'역시 단순히 자기주장이 강한 타입인 건가? 유그노 공작이 속내를 긁어서 잘 속여 넘겼나 봐.'

뭐, 좀 더 인품을 관찰할 필요는 있을 것 같다는 생각을 한 리제롯테는 웃으며 마음속으로 냉정하게 분석했다.

"분명 머지않은 미래에 가르아크 왕국과 교섭이 성립되고 우리는 정식으로 조직화할 거네. 그렇게 되면 리제롯테 양이 꼭 우리에게 조력해주길 바라네."

유그노 공작이 리제롯테에게 다시 지원을 부탁했다.

"하지만 저는 그저 어린아이에 지나지 않습니다. 정치 혹은 군사적인 지원을 생각하신다면 제 아버지께 말씀하시는 편이 나을 것이라 생각합니다."

리제롯테가 얼버무리듯이 말했다. 실제로 그녀는 일개 공작영애에 지나지 않기에 아망드 대관으로 있는 것 외에는 정치나 군사 실권이 없었다.

"아니, 우리가 바라는 것은 경제적인 지원이네."

유그노 공작이 딱 잘라 부정했다.

"그 말씀은?"

리제롯테는 유그노 공작을 똑바로 쳐다봤다.

"자네를 리카 상회 회장으로 보고 하는 부탁이네. 상회가 보유한 무수한 자금, 물자, 커넥션, 그 귀중한 자원을 우리를 위해 투자하지 않겠나? 지금 대화를 상담(商談)이라 봐도 좋네. 물론 충분히 보답하지."

유그노 공작이 이때다 싶어 역설했다.

리카 상회는 리제롯테가 설립한 역사가 대단히 짧은 단체지만, 지금은 인근 여러 나라에 이름을 떨친 초일류 대상회다. 귀족은 물론 민중의 마음을 사로잡는 상품을 착착 만들어내, 국내외 할 것 없이 경제적인 영향력을 미쳤다. 어중간한 작은 나라와 비할 바가 아니었다. 그런 대상회를 아직 열다섯 살인 리제롯테가 고작 한 세대만에 만들어 올렸다.

때문에 유그노 공작은 리제롯테와 리카 상회를 아군으로 만드는 것이 어떻게 보면 가르아크 왕국이 후원자가 되는 것 이상으로 득이 있다고 확신했다.

"……알겠습니다. 몇 가지 조건을 받아들여주신다면 지원을 약속하겠습니다."

리제롯테가 잠시 생각하다가 긍정적으로 답했다.

"……상당히 즉흥적이군. 솔직히 조금은 주저할 줄 알았네만."

유그노 공작이 살짝 눈을 크게 떴다.

"어머, 리카 상회는 자선사업장이 아닙니다. 이것이 상담이고 보답도 있다면 투자하겠어요. 먼저 이것을 봐주십시오."

리제롯테는 귀엽게 미소 짓고 서류를 꺼냈다. 그러자 바로 옆에 서 있던 시녀가 그 서류를 유그노 공작에게 가져갔다.

"……호오."

유그노 공작은 눈으로 빠르게 서류를 읽고 감탄했는지 신음했다. 서류에는 리카 상회가 유그노 공작파에게 지원하기 위한 조건이 알기 쉽게 기재되어 있었다.

'처음부터 이쪽 의도를 알고 있었다는 건가. 정말 훌륭한 솜씨군.'

유그노 공작은 혀를 내둘렀다.

"흠. 남은 건 우리가 조건을 받아들일지 말지인가…….. 잠시만 검토할 시간을 가져도 되겠나?"

"물론입니다. 그 뒤에 조건을 조율하죠. 접대할 준비도 되어있으니, 괜찮으시다면 만족하실 때까지 저택에 머무시지요."

"고맙네. 그럼 당장 플로라 님과 히로아키 님께 개요를 설명 드리겠네."

"그러시다면 별실로 안내하겠습니다. 아리아."

리제롯테가 실내에 대기하고 있던 유일한 시녀— 아리아를 불렀다.

"알겠습니다. 여러분, 밖으로 나와 주십시오."

아리아가 신속하게 식당 문을 열고 유그노 공작 일행을 문 밖으로 안내했다. 그리고 방 밖에 대기하던 다른 시녀에게 유그노 공작 일행의 안내를 맡겼다.

"이 아이가 안내하겠습니다. 뭔가 불편하신 것이 있다면 말씀해주십시오."

"……실례지만, 어디서 만난 적 있나?"

퇴실하던 유그노 공작이 아리아의 얼굴을 빤히 쳐다보고 이상해하며 물었다.

"……아뇨, 없습니다."

아리아는 천천히 고개를 저었다.

"그런가, 실례했네. 리제롯테 양, 나중에 보세. 실례하지."

유그노 공작은 그다지 신경 쓰이지 않는지 바로 방을 나갔다.

한편, 히로아키는 스쳐 지나가면서 아리아의 아름다운 얼굴에 눈이 쏠렸지만, 뒤에서 따라오는 플로라와 로아나의 재촉에 그대로 방을 나갔다.

식당에 리제롯테와 아리아 두 사람만 남았다.

"유그노 공작, 당신이 낯익었나 봐. 벨트람 왕국 왕성에서 일할 적에 만났던 거 아니야?"

리제롯테가 갑자기 물었다.

"아뇨, 실제로 뵌 적은 없습니다."

아리아는 별 관심 없다는 듯이 부정했다.

"그래. 그럼 됐어. 당신 눈에는 용사가 어떻게 보였는지 물어봐도 돼?"

리제롯테도 이야기를 질질 끌만큼 관심이 없는지 바로

화제를 바꿨다.

"……속박을 싫어하고, 입으로는 눈에 띄고 싶지 않다고 말하면서 마음속으로는 강하게 눈에 띄고 싶어 하는 것처럼 보였습니다. 그것이 연기가 아니라면 어울리지 않는 힘을 우연히 얻은, 자기과시욕이 강한 젊은이가 아닐까 싶습니다."

아리아가 주인의 부탁에 따라 솔직하게 히로아키의 인상을 말했다.

"신랄하지만 정확해."

리제롯테가 쓴웃음을 지으며 동의했다. 정말 눈에 띄고 싶지 않다면 용사를 안 하면 된다. 용사로서 나라 여기저기에 고개를 내미는 시점에서 모순됐다. 아니면 용사로 행동해야만 하는 이유가 있는 걸까?

'다루기 쉬울 수도 있겠지만, 저런 상대는 얽히면 귀찮을 것 같아.'

뭐, 유그노 공작도 알고 있겠지만. 리제롯테는 그렇게 생각했다.

정령환상기

〖 제 2 장 〗 ❋ 새로운 마을 생활

미하루 일행이 정령의 주민이 사는 마을에 온 다음 날 오후.

리오는 훈련용 모의검을 들고 사라, 아르마, 오피아, 세 사람과 청사 앞 광장에 모였다. 사라 일행의 부탁으로 지금부터 대련을 하기로 했다.

옆에는 심판을 맡은 날개 수인이자 전사장인 우즈마가 있고 조금 떨어진 곳에 미하루, 아키, 마사토, 라티파, 네 사람이 견학을 왔다. 소문을 들었는지 벨라와 아르슬란을 포함한 열 살 전후의 마을 아이들이 서둘러 달려왔다. 아이시아는 드뤼어스에게 가서 이곳에는 없었다.

모의전 전에 훈련용 무기 상태를 확인하고 가볍게 준비운동을 했다.

"리오 씨, 오늘은 저희의 연계 공격을 확인하고 싶으니 1대3으로 해도 괜찮겠습니까?"

사라가 훈련용 단검을 양손에 들고 리오에게 물었다.

"네. 괜찮아요. 마침 1대다수 전투훈련도 하고 싶었거든요."

리오는 흔쾌히 고개를 끄덕였다.

"1대3이 승부가 돼? 누나들이 그렇게 강하지는 않나 봐?"

옆에서 리오 일행의 대화를 듣던 마사토가 옆에 서 있는 아르슬란에게 물었다. 어젯밤 연회 후로 한 지붕 아래에서

살게 돼서 친해졌는지 사라 일행의 호칭도 친근하게 바뀌
었다.

"바보야, 누나들도 강해. 리오 형이 너무 강한 거야."

아르슬란이 조금 기운차게 마사토의 오해를 풀어줬다.
그 눈이 앞으로 펼쳐질 뜨거운 시합을 상상하고 낭랑하게
빛났다.

"그렇구나아."

"들었잖아? 리오 형은 마을에서 1, 2위를 다툴 정도로
강하다고. 잘 봐둬."

"으, 응. 마침 시작하려나 봐."

아르슬란의 역설과 주변 분위기 때문인지 마사토가 조
금 긴장한 기색을 보이며 고개를 끄덕였다. 시선 끝에는
리오와 사라 일행이 서로에게 무기를 겨누고 있었다.

"시작!"

심판인 우즈마가 시합개시를 신호했다. 그 직후, 사라가
모습을 감추듯이 달려 나가 리오에게 급접근했다.

"빨라?!"

상상을 훌쩍 뛰어넘은 속도에 마사토, 아키, 미하루는
깜짝 놀랐다. 그 와중에도 사라는 과감하게 단검을 휘두르
며 리오를 공격했다. 자신을 견제하게 만들어서 제자리에
묶어 두는 것이 목적인지, 공격 위력과 정밀한 겨냥보다
속도를 중시한 연속 공격이었다.

하지만 리오는 모든 공격을 훌륭하게 피했다. 최소한의

공격만 검으로 받아 넘기고 다른 공격은 가벼운 몸놀림으로 피했다.

"훗!"

자그마한 아르마가 사라의 뒤에 숨어서 리오에게 접근해 메이스로 강한 일격을 먹이려고 했다. 하지만 리오는 아르마의 움직임을 미리 예상했는지 뒷걸음질로 여유롭게 공격을 피했다. 아르마의 메이스가 섬뜩한 소리를 내며 바람을 가르고 땅을 도려냈다. 뒤늦게 땅이 부서지는 소리가 울려 퍼졌다.

"괴, 굉장해! 근데 저거 맞으면 죽을 텐데?!"

작은 체구와 어울리지 않는 아르마의 강력함에 마사토가 당황해서 소리쳤다.

"걱정 마! 육체 강도를 강화했어. 그리고 치유의 정령술도 있으니까."

아르슬란이 흥분해서 해설했다.

아르마는 키와 어울리지 않는 둔중한 메이스를 가볍게 휘둘러 리오를 공격했다. 속도 제어가 조금 어려운지 가볍게 회피 당했다. 하지만 그러면 사라가 능숙하게 커버했다. 아르마의 빈틈을 채우며 리오에게 날카로운 공격을 쏟았다.

스피드 파이터인 사라와 파워 파이터인 아르마. 리오가 어느 한쪽에 집중하면 서로의 움직임을 방해하지 않도록 누군가가 커버했다. 확실하게 역할을 분담한 상당히 훌륭

한 연계였다.

그리고 리오가 집중해야만 하는 상대는 이 두 사람만이 아니었다.

"슬슬 저도 낍니다?"

오피아는 정중하게 예고하고 리오에게 자기 주변에 펼친 빛 탄환을 연속으로 발사했다. 겉모습과 한 발 한 발의 위력은 광탄마법이라고 불리는 하급 공격마법과 똑같았지만, 탄도가 직선이 아닌 자유롭게 변환하는 궤도를 그렸다.

리오는 달려서 회피하려고 했다. 그러나 사라와 아르마가 재빠르게 양옆으로 파고들어 안전지대로 가는 길을 막았다. 리오는 즉시 회피를 멈췄다. 빛 탄환을 아슬아슬하게 피하고 힘차게 땅을 밟자마자 리오의 앞에 두터운 토벽이 솟아올라 빛 탄환을 막았다. 발로 마력을 흘려 정령술로 땅을 조종한 것이다.

하지만 방어할 거라 예상했는지 사라와 아르마가 바로 달려와 좌우에서 리오를 동시에 공격했다. 좌우를 번갈아 본 리오는 땅에 검을 꽂고 일부러 맨손으로 자세를 잡는 척했다. 이 행동에 사라와 아르마가 조금 놀란 것 같았다.

리오는 그 순간의 틈을 놓치지 않았다. 곧바로 땅에서 검을 뽑아 먼저 아르마에게 빠르게 접근해 요격에 들어갔다.

아르마는 반사적으로 힘차게 메이스를 휘둘렀다. 리오는 검을 뉘이고 몸을 회전시켜 원심력을 이용해 휘둘렀다. 리오의 검과 아르마의 메이스가 부딪치고 세찬 충격음이 울려 퍼졌다.

"설마 드워프인 저와 정면으로 힘겨루기를 할 줄은……."

아르마의 이마에 식은땀이 흘렀다. 드워프는 정령의 주민 중에서도 굴지의 괴력을 자랑하는 종족인데, 지금 공격은 서로의 힘이 팽팽했다.

"소녀인 아르마 씨에게 힘으로 질 수는 없죠."

"네? 꺄?!"

리오가 훗 미소 짓더니 가볍게 검을 물리고 아르마의 균형을 교묘하게 무너뜨렸다. 균형을 잃고 평소에는 잘 내지 않는 귀여운 소리를 내면서도 아르마는 가까스로 메이스를 휘두르려고 했다.

리오는 아르마 쪽으로 깊숙이 들어가 손을 뻗었다. 아르마의 메이스를 깨끗하게 받아버리고 빼앗아 멀리 던졌다.

"윽?!"

아르마는 중심이 휘청 무너지는 것을 느꼈다. 리오가 메치려는지 멱살을 잡았고, 정신을 차리고 보니 사라를 향해 가볍게 내던져졌다.

"으앗!"

등 뒤에서 리오를 공격하려던 사라는 날아오는 아르마를 보고 서둘러 피했다.

"사라 언니, 피하다니 너무해요!"

"아르마를 받아주면 둘 다 일망타진 되지 않습니까!"

사라가 아르마의 항의를 기각했다. 리오는 그 와중에도

어느새 검을 고쳐들고 사라를 향해 달려왔다.

"큭, 아르마. 어서 무기를 주우세요!"

사라는 리오의 공격을 간신히 막아내며 아르마에게 지시했다. 아르마가 낙법으로 땅을 굴러 일어나 달려가려고 하자—.

"사라, 조금 물러서!"

오피아의 목소리가 들렸다. 사라가 반사적으로 뒷걸음질 치자마자 광범위하게 흩어진 무수한 흙덩이가 리오를 덮쳤다.

'내가 아까 방어할 때 쓴 토벽을 이용했나.'

리오는 토벽 뒤에 숨은 오피아가 사각을 노려 자신을 공격한다고 판단하고 뒷걸음질 치며 엄습하는 흙덩이와 마주했다. 맞으면 성가신 흙덩이를 검과 다리로 정확하게 튕겨냈다.

오피아는 리오가 공격을 피하는 사이, 정령술로 매우 거대한 물덩어리를 만들어 발사했다. 물덩어리는 부드러운 포물선을 그리며 머리 위에서 세차게 리오를 덮쳤다.

그러나 리오는 뛰어올라 검에 다량의 마력을 주입해 물덩어리를 일도양단했다. 엄청난 양의 물이 갈라지며 땅으로 세차게 떨어졌다.

동시에 무기를 든 사라와 아르마가 다시 양옆에서 리오를 공격했다.

"이번에는 타이밍도 완벽합니다."

그렇게 말하고 사라가 웃었다. 바로 반대쪽에는 아르마가 바짝 다가왔다. 완벽한 협공이 완성됐다. 아까처럼 어느 한쪽이 다가가기 전에 다른 한쪽을 요격할 여유는 없을 터였다. 그러나—.

"윽?!"

다음 순간, 리오를 중심으로 폭풍이 일어났다.

"꺄악?!"

사라와 아르마는 비명을 지르며 세차게 날아갔다. 리오는 그 틈에 쓰러진 사라에게 다가가 모의검을 겨누었다.

"……졌습니다."

사라가 고개를 툭 떨구고 패배를 선언했다.

"거기까지, 승자는 리오 도령입니다!"

심판인 우즈마가 시합종료를 선언했다.

"으— 오피아의 물덩어리를 요격하면서 몸속에서도 오드를 수립하고 있었군요."

사라가 입을 내밀고 리오에게 말했다.

"사라 씨와 아르마 씨가 바로 공격할 거라 읽었거든요. 두 사람이 동시에 기습하면 일망타진하려고 했어요."

리오가 쓴웃음을 지으며 고개를 끄덕였다.

"으으. 저희는 리오 씨에게 감쪽같이 속은 건가요."

"아하하, 져버렸네."

사라가 한숨을 내쉬자 오피아가 다가와 대화에 끼었다.

"반성해야겠어요. 이번에는 리오 씨에게 놀림 당했네요."

아르마도 다가와 작게 탄식했다.

"놀린 거 아니에요. 좋은 훈련이 됐어요. 세 사람의 연계도 훌륭했고요."

리오는 부드럽게 미소 짓고 세 사람을 격려했다.

"그런 뜻이 아닌데요……."

아르마가 전투 중에 어린아이 취급당한 것을 떠올리고 중얼거렸다. 그 중얼거림은 리오의 귀에 닿지 않았다.

"멋진 시합이었습니다. 리오 도령, 다음에는 꼭 저와!"

한껏 고양된 우즈마가 리오에게 다음 대전을 제안했다.

"네, 물론이죠."

리오가 흔쾌히 승낙하자 이어서 우즈마와의 시합이 열렸다. 미하루와 아키가 어안이 벙벙해서 전투를 지켜보는 한편, 마사토는 뜨거운 눈빛으로 모의전을 지켜봤다.

모의전 후.

리오 일행은 휴식을 취하려고 일단 자택으로 돌아왔다.

리오가 솔선해서 급사 역할을 맡자 미하루와 오피아도 얼른 돕겠다고 나서서 사람 수에 맞춰 차와 과자를 준비했다. 그동안, 벨라와 아르슬란이 나서서 조금 전의 모의전으로 열을 올렸다.

"오피아 언니가 만든 물덩어리를 가른 게 제일 멋있었어요!"

"아니, 아니. 그 시합의 최대 볼거리는 마지막에 정령술로 폭풍을 만든 거지."

벨라와 아르슬란은 리오 대 사라 일행의 시합의 최대 볼거리가 무엇인지 이야기하는 중이었다. 둘 다 양보할 수 없는 장면이 있었다.

"으— 그럼 라티파는 어떻게 생각해요?"

"응? 전부? 오빠가 엄청 멋졌어. 에헤헤."

벨라의 물음에 라티파가 행복하게 웃으며 대답했다.

"오빠바라기 라티파한테는 물어봤자야. 마사토는 어때?"

아르슬란이 한숨을 내쉬고 마사토에게 물었다.

"……응, 나? ……나는 아르마 누나랑 정면에서 무기를 맞댔을 때가 제일 박력 있었어."

마사토는 생각에 잠겨 있었지만, 대화는 들었는지 조용한 흥분을 감춘 목소리로 대답했다.

"검을 뉘이고 빙글빙글~ 회전하면서 공격했을 때 말이죠?"

"아, 그것도 굉장했지. **설마** 아르마 누나랑 힘겨루기를 할 줄이야."

벨라가 어떤 장면인지 말하자 아르슬란이 진지하게 말했다.

"나와 힘겨루기 하는 게 왜 『설마』죠? 아르슬란."

아르마가 아르슬란을 차갑게 쳐다봤다. 자신이 힘이 센 종족이라는 것은 알지만, 소녀의 마음은 복잡했다.

"응? 아, 아아, 아니, 딱히 이상한 뜻으로 한 말은 아니야!"

아르슬란이 상기된 목소리로 부정했다. 그러자 리오 일행이 차와 과자를 준비한 트레이를 들고 거실로 돌아왔다.

"자, 다 됐어. 아까 시합 이야기하고 있었어?"

오피아가 상냥하게 물었다.

"응응. 아, 맞다. 있잖아, 리오 형. 나중에 나하고도 훈련해 줘!"

아르슬란이 살았다는 듯이 이야기를 돌렸다.

"그래, 좋아."

리오가 흔쾌히 승낙했다.

"이, 있지. 나도, 나한테도 검술을 가르쳐줄 수 있어? 리오 형."

마사토가 안절부절못하며 말을 꺼냈다.

"……검술을?"

리오가 눈을 살짝 크게 떴다.

"……응, 안 돼?"

마사토가 리오의 안색을 살피며 물었다.

"으음, 나 혼자 판단해서 결정할 수는, 없지?"

리오가 겸연쩍어하며 대답을 얼버무리고 미하루와 아키를 봤다.

"아, 음, 저는 위험한 건 탐탁지 않지만, 마사토의 의사를 존중할게요. 아키도 위험하지 않다면 괜찮다고……."

미하루가 머뭇거리며 자신들의 의견을 말했다.

"둘이 사전에 상담했었군요."

리오가 무뚝뚝한 표정을 지었다.

"네. 세 분께 이 집을 안내받을 때, 마을에 지내는 동안 하고 싶은 일은 없냐는 이야기가 나와서요."

미하루가 리오의 안색을 살피며 말했다.

"괜찮지 않아? 본인이 하고 싶다고 하잖아. 그런 전투를 보고도 흥분하지 않으면 남자가 아니라고."

아르슬란이 가볍게 말했다.

"이 녀석, 리오 씨에게는 리오 씨의 생각이 있어. 마사토의 보호자니까."

사라가 아르슬란을 혼냈다.

"아, 아뇨, 조금 생각하고 있었어요. 음…… 위험 여부를 따지자면, 위험합니다. 운동과는 달라요."

리오는 미하루 일행을 보고 난처해하며 말했다.

"마사토 군은…… 아니, 마사토가 왜 검술을 배우고 싶어졌는지 물어봐도 될까? 운동 삼아 하려는 거라면 추천 못 해."

그리고 진지한 표정으로 마사토에게 물었다.

"나는……."

마사토는 조금 당황했는지 말을 맺지 못했다.

"아르슬란과 벨라처럼 마을에는 전사가 되려고 어릴 때부터 무기 다루는 방법을 배우는 아이도 있어. 하지만 다들 실전을 염두에 두고 배우는 거야. 그렇죠?"

리오는 마사토에게 말하고 마지막으로 사라에게 물었다.

"……네, 그렇습니다. 본질이 놀이가 아님을 가르쳐주기 위해 지도자가 처음에 실전 형식으로 전사의 마음가짐을 철저히 가르칩니다. 그것 때문에 전사가 되기를 포기하는 아이도 있습니다."

사라가 천천히 고개를 끄덕였다.

"아, 그거. 진짜 무서웠지."

아르슬란이 먼 곳을 바라보며 중얼거렸다. 벨라도 "무서웠어요"라며 고개를 끄덕였다.

"마사토, 마을 아이들은…… 아니, 이 세계 사람들은 목숨이 오간다는 전제 하에 무기를 들어. 그것을 위해 무기가 존재해. 마사토가 무기를 들고자 한다면 그런 걸 알았으면 좋겠어. 모르는 채로 섣불리 검술만 배우고 무기를 들고 다니면 오히려 위험하니까."

리오는 말을 고르며 마사토에게 말했다.

"……."

마사토는 근심스러운 표정으로 입을 다물었다. 리오의 말을 듣고 많은 생각을 하고 있으리라.

"이대로 평생 안전한 마을에서 지낸다면 몰라도, 언젠가는 슈트랄 지방으로 돌아갈 거지? 그곳은 여기만큼 치안이 좋지 않아. 목숨이 오가는 전투를 당연시하는 사람도 있고, 무기를 들면 아이여도 전투원 취급당해."

리오는 복잡한 표정으로 부정적인 말을 늘어놨다.

실내의 분위기가 무거워졌다. 무기를 다루는 자로서 리오의 말뜻을 이해하는 사라 일행은 그렇다 치고, 미하루와 아키는 리오의 말이 자기들을 향한 것 같아 괜히 숨이 막혔다.

"하지만…… 말은 그렇게 했지만, 비전투원으로 있으면 빼앗기는 입장을 견디는 수밖에 없어. 비전투원이라고 항상 쉽게 봐주지도 않을 거야. 싸울 힘이 없어서 후회할 때가 올지도 몰라."

그때, 리오가 조금 긍정적인 말을 꺼냈다.

"……어?"

마사토는 리오의 말뜻이 바뀐 것을 느꼈는지 의문스러워 하며 고개를 들었다.

"그러니까 마사토의 뜻을 존중할게. 너무 설교 같아졌지만, 지금 한 말을 듣고도 검술을 배우고 싶다면 검술을 가르쳐줄게. 요컨대…… 미하루 씨랑 똑같나?"

리오는 쓸쓸하게 웃으며 말했다.

그리고 어떻게 하고 싶냐고 마사토에게 눈빛으로 물었다.

"나, 나…… 검술을 배우고 싶어. 무섭지만, 후회하고 싶지 않아. 지킬 수 있는 힘을 원해!"

마사토는 갈망하듯이 말했다.

"……그래. 배우고 싶구나. 그럼 제일 먼저 정령의 주민 방식으로 실전의 마음가짐을 가르쳐줄 건데, 힘들 거야. 이걸로 마음이 꺾일 것 같으면 거기까지야."

리오가 마음을 굳혔는지 조금 무서운 표정으로 말했다.

"바…… 바라던 바야!"

마사토가 결연히 고개를 끄덕였다.

"여기서 물러나면 남자가 아니지. 힘내."

아르슬란이 씨익 웃고 마사토의 어깨를 두드렸다.

"응!"

마사토가 웃으며 고개를 끄덕였다.

"정신적으로 꽤 힘들 거라 생각하지만."

아르슬란의 얼굴이 살짝 어두워졌다.

"그, 그렇게 힘들어?"

"아— 리오 형은 상냥하지만, 으음. 글쎄? 평소에는 상냥한 마을 전사도 확 바뀌니까. 뭐, 한 수 배운다는 생각으로 싸우면 되지 않을까?"

"싸, 싸워? ……내가?"

마사토는 눈을 동그랗게 뜨고 고개를 갸웃거렸다.

"응, 리오 형이랑. 실전 형식이라고 했잖아? 마을에서는 전사의 적성이 있는지 그렇게 확인해."

"아, 그렇구나. 내가, 하루토 형이랑……."

아르슬란이 설명하자 마사토는 조금 전의 모의전에서 본 리오의 힘을 떠올리고 꿀꺽 침을 삼켰다.

"그렇게 됐으니, 지금 당장 해볼까? 괜찮겠어?"

리오가 마사토에게 물었다.

"네, 넵!"

마사토는 딱딱한 표정으로 고개를 끄덕였다.

◇ ◇ ◇

몇 십 분 후.

리오는 청사 앞 광장에서 마사토와 대련할 준비를 했다. 아까 많이 모였던 구경꾼들이 해산했는지 지금은 리오 일행 외에는 아무도 없었다.

현재, 마사토는 마을 아이들이 쓰는 훈련용 장비(한손 검과 방패, 가죽 갑옷)를 빌려 입었다.

"실전 때는 그럴 시간이 없지만, 확실하게 준비운동 해둬."

그리고 리오의 말에 따라 꼼꼼하게 몸을 움직였다.

한편, 리오는 평소에는 거의 쓰지 않는 한손 검과 방패 조합으로 움직임을 확인하는지, 무구 상태를 확인하며 묵묵히 동작을 재현했다.

마사토에게 검술을 가르쳐주기로 정한 뒤부터 리오는 찌릿찌릿한 분위기를 내뿜었다. 마치 쓸데없이 다가오지 말라고 온몸으로 경고하는 것 같았다.

"오빠……."

라티파는 그런 리오를 걱정스럽게 쳐다봤다. 아니, 라티파만이 아니었다. 미하루와 아키도, 사라와 오피아와 아르마도 평소에는 결코 볼 수 없는 리오의 일면에 적잖이 위축됐다. 그들은 멀리 떨어진 곳에서 리오와 마사토를 지켜보는 수밖에 없었다.

"저기, 이거 마사토에게 검술을 가르쳐주기 위한 시험 같은 거죠? 구체적으로 어떻게 대련으로 실전의 마음가짐을 가르쳐주는 거예요?"

아키는 의붓동생인 마사토가 걱정되는지 사라 일행에게 쭈뼛쭈뼛 물었다.

"목숨을 건 투쟁의 재현입니다. 물론 실력 차이가 있으니 승부를 내지는 않지만, 지도자가 실전처럼 행동하며 지도받는 상대에게 적의와 살의를 쏟아서 죽음의 공포에도 겁먹지 않고 싸울 만큼 마음이 강한지 확인합니다."

사라가 대련의 취지를 해설했다.

"다, 다치지는…… 않겠죠?"

"다치겠죠. 하지만 리오 씨가 실수할 리 없고 치료의 정령술도 있으니 적어도 후유증이 남을 부상은 걱정할 필요 없습니다."

정신적인 부상이 있을 수도 있지만─. 사라가 마음속으로 덧붙였다.

"그리고 왠지 분위기가 날카로워요. 저런 하루토 씨는 처음 봤어요."

"……그건 저희도 마찬가지입니다."

아키가 쭈뼛쭈뼛 리오를 보며 말하자 사라 일행도 딱딱한 얼굴로 고개를 끄덕였다. 그러자 리오가 준비를 마쳤는지 미하루 일행에게 다가왔다.

"미하루 씨, 아키, 사라 씨네도. 재미있는 일도 아니니 괜찮으면 집에서 편하게 있으세요. 억지로 있을 필요 없어요."

리오가 어딘가 떳떳하지 못하게 말했다.

"아, 아뇨, 어, 그게……."

사라 일행은 서로 얼굴을 마주보고 어색한지 말을 얼버무렸다.

"저기, 저는 보고 싶어요."

그런 와중에 미하루가 살짝 손을 들고 견학하고 싶다고 했다.

"조금 과격할지도 몰라요."

리오는 미하루의 안색을 살피며 물었다.

"괜찮아요. 그, 마사토 군을 하루토 씨에게 맡긴 이상, 저도 함께 책임을 지고 싶어요. 제게는 지켜볼 의무가 있다고 생각하니…… 부탁해요."

미하루가 조용히 말하면서도 확고한 의지를 보이고 리오에게 고개를 숙였다.

"……알겠습니다."

리오는 살짝 눈을 동그랗게 뜨고 조금 의외라는 듯이 고개를 끄덕였다.

"저, 저기! 그럼 저도 보게 해주세요! 마사토는 제 동생이니까!"

그러자 아키도 미하루를 따라 견학을 희망했다.

"그래…… 알았어."

리오는 꾸벅 고개를 끄덕였다.

"나는 당연히 볼 거야, 오빠."

라티파도 결연하게 선언했다.

"응, 알았어."

리오는 씁쓸한 미소를 지으며 승낙했다.

"저희도 보겠습니다."

그러자 사라, 오피아, 아르마, 세 사람이 얼굴을 마주보고 고개를 끄덕인 뒤, 견학을 희망했다.

"나도 볼래. 마사토는 내 친구니까."

"저도요!"

아르슬란과 벨라도 뒤를 이었다.

"결국 모두 견학을 희망하는군요. ⋯⋯알겠습니다."

단념한 리오는 쓴웃음을 짓고 발을 돌렸다. 그렇다면 이제 와서 자신이 겁내서는 안 된다고, 자신의 비정한 측면을 드러낼 각오를 다지며. 리오는 작게 숨을 내쉬고 마사토에게 걸어갔다.

"이제 시작할까, 마사토."

"네, 넵!"

리오가 말하자 마사토가 긴장한 기색으로 고개를 끄덕였다.

"몸에서 힘을 빼. 안 그러면 움직임이 딱딱해지니까."

"아, 알았어! ⋯⋯좋아, 오케이!"

마사토는 고개를 끄덕이고 크게 심호흡했다. 그리고 자

기 나름대로 한손 검과 방패를 들었다. 아직 아무 기술도 배우지 않아서 어색하다고 할까, 꼴사나웠다.

리오도 한손 검과 방패를 들었다. 왼발을 앞으로 내밀고 오른발을 뒤로 밀었다. 필연적으로 방패를 든 왼쪽이 전면 으로 나왔다. 벨트람 왕국에서는 한손 검과 방패 조합의 정 석이라고도 하는 기본적인 자세로 학원 시절에 습득했다.

"한손 검과 방패 조합은 슈트랄 지방에서 가장 일반적인 검술 스타일이고 대인전투를 염두에 두면 공방 균형도 뛰어 나. 그래서 마사토에게 이 조합의 검술을 가르쳐줄 생각이 야. 하지만 오늘은 기술적인 지도는 덤 정도로만 할 거야."

리오는 마사토와 10미터 정도 거리를 둔 상태에서 설명 했다.

"나머지는…… 실제로 싸우면서 가르쳐주지. **사투 개시 다**. 마음껏 공격해."

그리고 하늘을 올려다보며 전투개시를 선언했다. 작게 숨을 마시고 조용히 의식을 전환했다.

"……어?"

지금 이게 전투개시 신호야? —마사토는 당황한 표정을 지었다. 그러나 마사토가 의식하지 못해도 전투는 이미 시 작됐다.

"왜 그래, 안 오나?"

리오는 마사토에게 명확한 적의와 살의를 담아 차갑게 물었다.

"윽?!"

그것만으로 마사토는 농밀한 죽음의 기척을 느끼고 오싹 몸을 떨었다. 아니, 마사토만이 아니었다. 근처에서 지켜보던 사라 일행도 오싹함을 느끼고 무심코 몸을 떨었다.

'뭐지, 지금……?'

미하루는 왜 자신이 몸을 떨었는지 이해하지 못했다. 그것이 여태껏 느껴보지 못한 종류의 기척이었기 때문이었다. 눈앞에 있는 사람에게서 그런 것을 느낄 것이라 생각도 못했기 때문이었다. 그래서일까, 어째선지 두근거림이 가라앉지 않았다.

실제로 적의와 살의를 받은 마사토의 불쾌감은 미하루가 느낀 것에 비할 바가 못 됐다. 마치 심장을 움켜잡힌 것처럼 가슴이 아팠다.

"빨리 와."

리오가 계속 재촉하는 눈길을 보냈지만, 마사토의 발은 움직이지 않았다.

"앞으로 30초 기다린다. 30초 동안 나를 공격하지 못하면 불합격이야."

리오는 담담히 선고했다.

"윽?!"

마사토는 움찔하고 손과 검을 움직이려고 했다. 어찌어찌 두 팔을 들어 허점투성이 파이팅포즈 같은 자세를 잡았다.

그로부터 몇 초, 몇 십 초가 지났을까―.

"……으, 아아아아아!"

갑자기 마사토가 포효하며 리오에게 돌격했다.

하지만 검이 무거웠다. 방패가 무거웠다. 몸이 무거웠다. 생각처럼 움직이지 않았다. 어떻게 움직여야 할지 몰랐다. 마사토는 리오의 눈앞에 멈춰서 버렸다.

애당초 이 검을 사람에게 휘둘러도 되는 걸까. 날이 서지 않은 훈련용 검이라고는 하나, 있는 힘껏 휘두르면 둔기 삼아 사람을 죽일 수 있으리라. 그런 흉기를 손에 들고 있다는 것에, 마사토는 겁을 먹고 말았다.

"괜찮아. 마사토가 그 검을 어떻게 휘두르든 난 절대 맞지 않아. 마음껏 휘둘러. 아니면…… 겁먹었어? 그만하고 싶다면, 그만해도 돼."

리오가 마사토를 도발했다.

"윽…… 으랴앗!"

위축돼도 투쟁심은 남았는지 마사토는 화가 난 듯 검을 휘둘렀다.

"큭?!"

그러나 리오는 스스로 공격이 엄습하는 곳으로 파고들어 손에 든 방패로 마사토의 검을 튕겨냈다. 그 충격으로 마사토는 검을 떨어뜨렸다.

"움직이지 마!"

리오가 소리쳤다.

마사토는 우뚝 멈췄다. 어느새 목까지 파고든 검을 알아차리고 꿀꺽 침을 삼켰다. 진검이었다면 몇 밀리미터로 검 끝이 피부를 찌를 것 같았다.

"쥐는 힘이 약해. 검을 놓치다니 논할 가치도 없어. 다음, 한 번 더 처음부터."

리오는 그렇게 말하고 검을 거두고 마사토와 거리를 뒀다.

"어? 아……."

마사토는 멍하니 서 있었다.

"왜 그래? 어서 주워. 전투 재개다."

"윽……."

리오가 무서운 목소리로 말하자 마사토는 쭈뼛쭈뼛 검을 주웠다. 하지만 목에 검 끝이 닿은 공포가 남았는지 좀처럼 움직이려 하지 않았다.

"……마사토. 이게 실전이라면 나는 벌써 움직였을 거야."

"네, 네……."

위축된 마사토가 고개를 끄덕였다. 평소의 싹싹한 말투는 완전히 사라졌다. 하지만 그래도 아직 전의가 남아있는지 마사토는 떨면서 검을 들었다.

"허리가 너무 빠졌다. 무기도 제대로 안 잡았어."

리오는 마사토에게 다가가 검을 휘둘러 마사토의 검을 날려버렸다. 마사토의 검은 허공을 돌다가 땅에 꽂혔다.

"다음. 한 번 더. 주워."

리오는 무자비하게 명령했다.

!!"아…… 으……."!!

마사토는 사라질 것 같은 목소리로 신음했다.

"어서."

그러나 리오가 말하자 마사토는 몸을 움찔하고 검을 주웠다. 그러자 리오는 다시 아무렇지도 않게 검을 휘둘러 마사토의 검을 날렸다.

"다음, 주워."

리오는 담담히 명령했다. 그리고 마사토가 검을 주울 때마다 리오는 마사토의 검을 날려버렸고, 때때로 목에 검을 겨누면서 다음, 다음, 다음을 외우며 마사토를 괴롭혔다.

외야의 미하루 일행은 힘겹게 견디며 그 모습을 지켜봤다. 특히 아키는 점점 몸을 떨며 무언가 말하고 싶은 표정을 지었다.

하지만 그러는 사이, 마사토에게 확실한 변화가 일어났다. 계속 당하면서 투쟁심을 자극당해 조금씩 화가 나기 시작한 것이다.

"으아아아!"

점점 포효를 내지르며 검을 휘두르게 됐다. 그래도 무서운지, 분한지, 마사토는 눈물과 콧물을 흘리며 리오를 공격했다. 리오의 움직임을 보고 따라하며 익히고 있는지 조금씩 움직임이 좋아졌다.

"그래. 방패는 타격용으로도 이용할 수 있어. 하지만 쓸데없이 휘두르지 마. 사각(死角)을 만들게 돼."

리오는 마사토가 난잡하게 휘두르는 방패의 사각을 찔

러 날카롭게 검을 내달렸다. 마사토의 목에 검을 겨눈 뒤, 처음부터 다시 시작하기 위해 "다음."이라고 짧게 말했다.

"으으."

마사토는 분한지 으르렁댔다.

"저, 저기, 하루토 씨!"

그러자 아키가 큰 소리로 리오를 불렀다.

"……왜?"

리오는 아키를 보며 감정을 지운 목소리로 물었다.

"으……. 아, 아뇨, 저기, 이제 충분하지 않아요? 그만큼 괴롭혔으니 마사토도 실전의 마음가짐을 이해했을 거예요."

아키는 순간적으로 겁을 먹었지만, 리오를 똑바로 쳐다보며 호소했다. 평소에는 욕하지만, 그만큼 마사토가 소중한 것이리라.

"아니, 아직이야. 드디어 몸이 달아오르고 있어."

리오는 쌀쌀맞게 고개를 가로저었다. 하지만 아키도 지지 않았다.

"하, 하지만, 마사토는 이제 한계예요! 이 이상은 약자를 괴롭히는 것뿐이라고요!"

아키는 그렇게 말하며 마사토를 가리켰다. 확실히 마사토의 숨은 거칠고 안색도 새파랬다. 두 발도 부들부들 떨렸다.

"마사토, 그만하고 싶어?"

리오는 작게 탄식하고 마사토에게 물었다. 그러자 물을

끼얹은 것처럼 정숙이 흐르고 모든 사람들의 주목이 마사토에게 쏠렸다.

"……거야."

마사토가 입을 움직였다.

"……할 거야!"

그리고 리오를 보며 이번에는 우렁차게 소리쳤다.

"마사토, 너……."

아키는 벌레를 씹은 듯한 표정을 지었다. 그래도 무언가 말하고 싶었지만, 마사토가 노려봐서 입을 움직일 수 없었다.

"그렇대. 마사토가 바라는 이상, 나도 손을 뺄 수 없어."

리오는 표정을 다듬고 천천히 고개를 저었다.

"……방해해서 죄송합니다. 마사토를 잘 부탁드려요."

아키는 울 것 같은 표정을 지으며 떨리는 목소리로 리오에게 머리를 숙였다. 그 눈에 분한 눈물이 글썽거렸다.

"……알았어. 마사토, 다시 하자."

리오는 고개를 끄덕이고 바로 전투를 재개했다. 그리고 십 분 후.

"하아, 하아……."

마사토는 기진맥진해서 바닥에 누워 있었다. 그래도 어떻게 검을 잡으려고 했지만, 몸이 꿈쩍도 하지 않았다.

"……마사토, 이제 됐어. 끝이야. 열심히 했어."

리오가 몸에서 힘을 빼고 마사토에게 다정하게 말하며 전투 종료를 고했다.

"이제, 하아, 하아…… 됐, 어? 더, 할 수 있어."

마사토가 기력을 짜내서 말했다.

"괜찮아. 마사토의 마음이 얼마나 강한지 충분히 알았으니까, 내일부터 정식으로 검술을 가르쳐줄게."

리오는 마사토에게 수련을 도와주겠다고 말했다.

"저, 정말이야? 해, 해냈다."

마사토는 안심했는지 대놓고 전신에 힘을 빼고 땅에 몸을 맡겼다.

"……미안해. 조금 지나쳤나 봐."

"하하…… 나도 그렇게 생각해. 하지만 나를 위해서 그런 거잖아? 덕분에 내가 얼마나 물렀는지 알게 됐어. 고마워, 하루토 형."

리오가 미안해하며 사과하자 마사토가 배시시 웃으며 고맙다고 했다.

"……마사토는 좋은 검사가 될 거야."

"그야 하루토 형이 스승님이니까."

고개를 끄덕이며 마사토가 헤헷 웃었다.

"그래."

리오는 훗 하고 웃었다.

"한 건 해결, 인가요? 멋졌습니다, 마사토."

"응. 멋있었어."

"누구나 뛰어넘을 수 있는 시련이 아니에요. 자랑스러워해도 돼요."

사라, 오피아, 아르마가 다가와 마사토를 격려했다.

"마사토, 수고했어."

"……수고했어, 마사토."

미하루와 아키도 마사토에게 말을 걸었다.

"제법이잖아, 마사토. 리오 형의 시련, 장난 아니던데?"

"맞아요, 맞아요. 제가 지도받은 것보다 훨씬 스파르타였어요."

"오빠랑 정면으로 맞섰는걸. 자랑스러워해."

아르슬란, 벨라, 라티파, 세 사람도 마사토를 격려했다.

"헤헤, 다들 고마워. ……아야. 아파, 아키 누나."

마사토는 하늘을 바라보며 고맙다고 했다. 그 얼굴이 쾌청한 하늘처럼 맑았다. 하지만 아키에게 이마에 딱콩을 맞고 입을 내밀었다.

"무리해서 걱정 끼친 벌이야."

"와아, 걱정했어?"

"시끄러워."

아키는 한 번 더 마사토의 머리를 쥐어박았다.

"기념으로 오늘 밤에 마사토가 좋아하는 걸 만들어 줄까?"

리오가 남매의 대화를 지켜보다가 제안했다.

"아, 그거 좋네요. 파티하죠! 미하루, 같이 요리하자."

"응, 좋아요."

오피아가 찬성하고 미하루와 함께 요리할 약속을 했다.

"아, 치사해! 나도 참가하고 싶어. 햄버그 만들래!"

"저도요! 스파게티 먹고 싶어요!"

아르슬란과 벨라가 바로 참가를 희망했다.

"이 녀석, 둘이 먹고 싶은 걸 만드는 게 아니잖아."

사라가 기막혀하며 뭐라 했다.

"에헤헤, 밥 먹은 다음에는 다 같이 온천 가고 싶어."

라티파가 즐거운지 웃으며 제안했다.

"그거 좋네요. 오늘 모의전으로 땀도 흘렸으니까요."

아르마가 솔깃한지 고개를 끄덕였다.

「하루토, 수고했어.」

리오의 머릿속에 아이시아의 목소리가 울렸다.

「……아이시아?」

리오는 놀라서 주위를 둘러봤지만, 아이시아는 없었다. 영체화한 줄 알았는데—.

「드뤼어스에게 계약자와 원격 대화하는 방법을 배웠어. 지금은 하루토의 왼쪽에 있는데, 반경 1킬로미터 정도라면 대화할 수 있어. 패스 연결을 의식하며 내게 말을 걸어봐.」

리오는 아이시아의 설명대로 눈을 움직였다. 광장 구석에 아이시아가 있는 것이 보였다. 곧장 요령을 익혔는지 리오는 바로 염화(念話)로 아이시아에게 대답했다.

「……그렇구나. 이러면 돼?」

「좋아.」

「드뤼어스 님과 얘기는 끝났어?」

「응. 오늘 할 이야기가 끝나서 하루토한테 왔어.」

「그래. 그럼 나중에 무슨 일이 있었는지 들려줄래?」

「물론이야. 말해줄게.」

주변 사람들이 와와 떠드는 와중에 리오의 머릿속에 아이시아의 목소리가 부드럽게 울렸다. 그것만으로도 신기하게 가슴이 따뜻해져서, 치유되는 기분이 들었다.

그날 밤.

리오 일행은 호화로운 식사를 준비해 마사토가 시련을 뛰어넘은 것을 축하하는 작은 파티를 열었다. 그러나 마사토는 너무 지쳤는지 제일 먼저 잠들어 버렸다.

리오는 방에서 숙면하는 마사토를 위해 자신이 집을 보겠다며 아이시아를 제외한 여자들을 마을 청사 근처에 있는 전세 온천 시설로 가게 했다.

리오와 마사토가 집에 남기로 해서 아르슬란은 집으로 돌아가기로 했다. 아이시아는 자고 싶으니 됐다고 했다(애당초 정령은 씻지 않아도 청결을 유지할 수 있다).

현관에서 미하루와 사라 일행을 배웅하고 리오는 홀로 거실로 돌아왔다. 다 같이 식사 후 뒷정리를 한지라 딱히 할 일도 없었다.

'아이시아는 잠든 것 같고. 나도 씻을까. 갈아입을 옷 가져와야겠다.'

리오는 가볍게 기지개를 켜고 몸을 풀며 방으로 갔다.

"하루토."

마도구로 방에 불을 밝히고 들어가자 아이시아가 갑자기 실체화해 리오 곁에 나타났다.

"……깨어있었구나."

리오는 살짝 눈을 크게 떴다.

"응. 할 말이 있어서."

아이시아는 꾸벅 고개를 끄덕였다.

"아, 드뤼어스 님께 배운 정령으로서 필요한 지식 말이야?"

"그것도 있지만, 하루토에 대해서."

"……나에 대해서?"

리오는 의표를 찔러 되물었다.

"응, 하루토가 조금 침울해 해서. 괜찮아?"

아이시아가 고개를 끄덕이고 리오의 얼굴을 빤히 처다봤다.

"안 그런데…… 왜?"

리오는 숨을 삼키고 아이시아를 마주봤다.

"미하루네한테 하루토가 보여주고 싶지 않았던 부분을 보여줬으니까."

아이시아는 그것이 정답이라는 듯이 어떤 망설임도 없이 말했다.

"……왜, 그렇게 생각해?"

"처음에 말했어. 하루토에 대해서라면 뭐든지 알아."

리오가 머뭇거리며 묻자 아이시아가 단언했다. 처음이란 아이시아가 바위 집에서 처음 눈을 떴을 때를 말하는 것이리라.

리오는 당황해서 눈을 동그랗게 떴다.

"그래, 그럼, 아이시아에게는 숨길 수 없겠네……."

그렇게 말하고 단념했는지 쓴웃음을 흘렸다.

"응."

"아하하, 긍정하기야? ……한 가지 물어보고 싶은데, 나, 모의전 뒤에 이상했어?"

"곁에서 본 느낌은 평소 같았어. 하지만 마음속은 그렇지 않았어."

아이시아는 고개를 젓고 리오의 질문에 대답했다.

"괜찮아. 괜찮아, 아이시아."

리오는 자신에게 말하듯이 천천히 고개를 좌우로 저었다. 그러나 아이시아는 갑자기 다가와—.

"내게는 강한 척하지 않아도 돼."

다정히 리오를 끌어안았다.

"윽?!"

리오는 몸이 경직되고 말았다.

"괜찮아도 말해줬으면 좋겠어. 하루토가 어떻게 생각하는지, 무슨 생각을 하는지."

아이시아는 리오의 귓가에 조용히 속삭였다.

그러자 리오는 몸에서 힘을 빼고 작게 숨을 내쉬었다.

아이시아의 체온이 기분 좋았다. 마음이 따뜻하고 편안해지는 것이 느껴졌다. 잠시 후—.

"……보여주고 싶지 않은 부분을 보였다는 생각이 들어. 사실은 보여주고 싶지 않았어. 하지만 이 세계에서 살아가려면 보여주는 편이 낫다고 생각했어."

사람의 폭력적인 측면과 잔혹함을—. 리오는 말끝에 덧붙였다.

"보여주고 싶지 않았던 것도, 알려주고 싶지 않았던 것도, 상대가 미하루네이기 때문에?"

아이시아가 꿰뚫어본 것처럼 물었다.

"……그, 래. 오늘 내가 어떻게 보였을까. 어쩌면 날 무서워할지도 몰라. 그런 상상을 하면 조금 가슴이 아파."

리오는 고개를 끄덕이고 평소라면 절대 아무에게도 하지 않았을 약한 말을 입에 담았다.

"하지만 괜찮아."

그리고 깨달은 것 같은, 포기한 것 같은 미소를 지으며 말했다.

미하루 일행의 가치관은 아직 이 세계에 물들고 닳지 않았다. 리오는 그래도 된다고 생각했다. 평화에 물든 상태로 위험에 노출되지 않기 위해 어느 정도 순응할 필요는 있지만, 일부러 이 세계에 물들 필요는 없었다. 그러니까 깨끗하기만 해서는 이 세계에서 살아갈 수 없을 때가 있음을, 알아주는 정도면 됐다.

리오는 그것을 가르쳐주는 역할을 다른 누군가에게 떠맡기고 싶지 않았다. 마사토의 검술을 가르쳐주는 것은 딱 좋은 기회인 건지도 모른다. 사람은 싸울 때 가장 추한 부분을 드러내기 쉬우니까, 오히려 무서워하는 게 나을 것이다. 그리고—.

'살아갈 세계가 다르니까.'

그렇다. 살아갈 세계가 달랐다. 자신은 이제 돌이킬 수 없지만, 미하루 일행은 어쩌면 지구로 돌아갈 수 있을지도 몰랐다. 그러니까 이걸로 된 거라고, 리오는 그렇게 생각했다.

"나는, 하루토와 계속 함께 할 거야. 하루토의 모든 것을 받아줄 거야."

아이시아는 그렇게 말하며 리오를 더 세게 안았다.

"……고마워."

리오는 어색하게 아이시아를 살짝 마주 안았다.

그로부터 30분 후.

'하루토 씨에게 고맙다고 해야지.'

미하루는 온천에 몸을 담그고 리오를 생각했다.

고마워할 이유는 물론 마사토 때문이었다. 마사토의 의사를 존중해서 진지하게 마사토와 마주하고 검술을 가르쳐 주기로 했으니까.

처음에 마사토가 검술을 배우고 싶다고 했을 때, 미하루는 검술을 막연히 운동의 연장선이라고 생각했다. 검과 검술이 죽고 죽이기 위해 존재하는 무기와 기술이라는 것을 제대로 이해하지 못했다.

다름 아닌 하루토라면, 일본에서 살았던 기억이 있는 하루토라면 검술을 운동처럼 가르쳐줄 수 있을 것이라고 생각했었다.

하지만 하루토는, 리오는 그러지 않았다. 검과 검술이 무엇을 위해 존재하는지 확실하게 설명하고 마사토의 뜻을 확인했다.

분명 검술을 운동으로 배우는 것은 마사토가 이 세계에서 살아가는데 도움이 되지 않는다고 생각했기 때문일 것이다. 마사토를, 자신들을, 진심으로 생각해준다는 것이 절절히 느껴졌다.

'사실은 내가 확실하게 해야 하는데, 아직도 하루토 씨에게 기대기만 하는구나.'

부끄러운 마음에 미하루의 얼굴이 어두워졌다. 확실하게 하기는커녕, 믿음직하지 못하고 리오에게 도움받기만 했다. 아키와 마사토에게 연장자답게 행동하지 못했다. 그런 자신이 한심해 죽을 것 같았다.

'검술은 내가 어떻게 할 수 있는 게 없지만……. 그래, 적어도 하루토 씨를 도울 수 있게 정신 바짝 차리자.'

미하루는 힘차게 고개를 끄덕이고 새롭게 다짐했다.

'일단 내가 할 수 있는 일이 있으면 좋을 텐데…….'

하지만 리오는 기본적으로 일이 생기면 혼자서 다 처리해버려서, 리오를 위해 할 수 있는 일을 찾기가 어려웠다. 미하루는 작게 신음했다.

"왜 그래? 미하루 언니."

그러자 곁에서 몸을 담그고 있던 라티파가 고개를 갸웃거리며 물었다.

"응? 아, 아니. 아무것도 아니야."

미하루는 놀라서 고개를 저었다.

"……혹시 오빠 생각하고 있었어?"

라티파가 미하루의 생각을 들여다본 것처럼 물었다.

"으, 으음…… 응. 어떻게 알았어?"

"에헤헤, 나도 생각하고 있었거든."

미하루가 눈을 동그랗게 뜨자 라티파가 자신만만하게 고개를 끄덕였다.

"라티파는 항상 리오 씨를 생각하잖아요?"

이야기를 듣고 있었는지 사라가 어처구니없어하며 말했다.

"훗, 그러는 사라 언니야말로 자주 리오 씨를 생각하지 않나요?"

아르마도 얼른 대화에 끼었다.

"지, 지금은 생각하긴 했지만, 자주는 아닙니다."

사라가 부끄러워하며 고개를 저었다.

"후후, 오늘의 리오 씨를 생각했어? 나도 그런데."

탕에 몸을 담근 오피아가 방긋 웃으며 입을 열었다. 그러자 사라가 같은 탕 안에 있는 미하루, 라티파, 오피아, 아르마, 네 사람을 보며 작게 한숨을 내쉬었다.

"다들 생각하는 건 똑같군요."

"으— 저도 오늘의 리오 오라버니를 생각했다고요?"

벨라가 입을 내밀며 자기 존재를 어필했다.

"뭐, 저도…… 그, 마사토와 하루토 씨의 모의전을……."

아키도 그 옆에서 머뭇거리며 고개를 끄덕였다.

"그럼, 벨라와 아키는 오늘 모의전을 보고 어떤 생각이 들었습니까?"

사라가 두 사람의 안색을 살피며 물었다.

"저는, 그, 솔직히, 무서웠어요. 정말로 마사토가 죽지 않을까 싶을 정도로."

아키가 억지로 참는 표정으로 말했다.

"저도 한기를 느꼈어요. 멀리서 봐도 엄청난 기백이었어요."

벨라가 몸을 부르르 떨며 동의했다.

"때로는 상대의 죽음을 주저하지 않는 냉혹함이 필요하다는 것을 알기 위한 통과의례니까요. 거친 방법이지만, 전사가 되려면 필요한 체험입니다. 알아야 한다면 빠르게, 되도록 안전한 상황에서 배우는 편이 좋으니까요."

사라가 쓴웃음을 지으며 말했다.

"그럼 전투가 벌어지면 마을 전사들도 모두 하루토 씨처럼 돼요?"

아키가 머뭇거리며 물었다.

"······아뇨, 모두가 오늘 리오 씨만큼 기백을 내뿜을 수는 없습니다. 그에 걸맞는 사선을 넘은 일부 전사 정도겠죠."

"아하하, 나는 옆에서 보기만 하는데도 기죽지 않느라 힘들었어."

"그렇죠. 옛날이야기지만, 리오 씨와 라티파가 마을 숲을 헤맸을 때, 저 상태로 응전했으면 어땠을까 상상하고 오싹했어요."

때로는 전사의 일원이 되기도 하는 사라, 오피아, 아르마, 세 사람이 순서대로 각자 말했다.

"······즉 하루토 씨도 그만한 수라장을 거쳐 왔다는 건가요?"

아키가 숨을 삼키며 물었다.

"아마도, 저희가 모르는 곳에서."

사라가 진지한 표정으로 고개를 끄덕였다.

'이 세계에 왔을 때, 우리를 납치한 노예상인 남자도 리오 씨에게 무척 겁을 먹었었지. 그 사람도 본 건가? 오늘의 리오 씨를······.'

아키는 갑자기 그런 상상을 하고 이루 말할 수 없는 한기를 느꼈다. 그 이상을 상상하는 것은 왠지 무서웠다.

"우으, 분명히 우리가 모르는 리오 오라버니였는데······ 라티파는 알았어요?"

벨라가 아주 조금 납득이 안 되는지 라티파에게 물었다.

"아니, 나도 몰랐어. ……하지만 내게 오빠는 오빠야. 그건 변하지 않아. 미하루 언니는 어때?"

라티파는 고개를 젓고 공허하게 미소 지었다. 그리고 묵묵히 생각에 잠긴 미하루에게 물었다.

"응? ……응, 나도 라티파와 같아. 내가 모르는 면이 있어도 하루토 씨는 하루토 씨. 그건 변하지 않는다고 생각해."

미하루는 자신의 마음을 살피듯이 말하고 라티파에게 동의했다.

분명 마사토와 대련했을 때의 리오는 평소에 상상할 수 없을 정도로 차갑고 무서웠다. 하지만 그러면서 어딘지 슬프고 외로워 보여서 신기하게도 미하루가 아는 리오와 다른 사람처럼 느껴지지는 않았다. 뿌리는 미하루가 아는 리오와 다르지 않다고 하면 좋을까.

하지만 그런 리오를 생각하면 가슴이 묘하게 술렁였다. 가까이 있는데 멀리 있는 것만 같은……. 그것이 마음에 걸려서 미하루는 애달프게 미소 지었다.

"에헤헤, 그래? 그럼 나랑 같네."

그러자 라티파가 기뻐하며 고개를 끄덕였다.

"……응, 같아."

미하루도 이번에는 기뻐하며 미소 지었다. 그러자 애달픈 가슴의 술렁임도 조금 가라앉는 것 같았다.

"맞아. 분명 리오 오라버니는 리오 오라버니예요. 뭔가 알게 된 것 같아요!"

벨라가 뭔가 납득했는지 기뻐하며 웃었다.

"우으, 왠지 공을 빼앗긴 기분이 듭니다."

사라가 조금 불만스럽게 입을 내밀었다.

"후후. 그럼 사라도 똑같이 생각한다는 거지? 나도 그래."

오피아도 그렇게 말하며 즐겁게 웃었다.

"으……."

"아, 사라 언니가 부끄러워해요."

사라가 당황해서 얼굴을 붉히자 아르마가 씨익 웃었다.

"아, 정말!"

사라가 부끄러움을 숨기려고 고개를 돌렸다. 다른 사람들은 그런 사라를 보고 키득키득 웃었다. 그러자 사라는 고개를 숙이고 "으으" 하고 끙끙거리며 뺨을 더 붉혔다.

"후후후, 재미있어. 아이시아 언니도 왔으면 좋았을 텐데."

라티파가 그렇게 말하고 방긋방긋 웃었다.

"지금쯤 영체화해서 하루토 씨 안에서 푹 자고 있지 않을까? 가끔 자다가 실체화해서 리오 씨 침대에 숨어드는 것 같던데."

아키가 예전 일을 떠올리고 웃으며 말했다.

"그래?! 치사해, 나도 한 이불 덮고 자고 싶은데!"

라티파가 심하게 부러워했다.

"응? 하, 하지만 라티파에게 리오 씨는 오빠잖아? 그, 부끄럽지 않아? 오빠랑 같이 자다니……."

아키가 자기 상황에 맞춰 상상했는지 부끄러워하며 말했다.

"응? 아니? 같이 목욕하고 싶을 정도인데."

라티파가 진심으로 그렇게 생각하는 것처럼 말했다.

"모, 목욕이라니, 무리야, 무리! 아무리 그래도 그건 절대로 무리!"

아키가 새빨개진 얼굴로 고개를 저었다.

라티파는 아키의 반응에 아키의 얼굴을 빤히 쳐다보며 물었다.

"으음. 혹시 아키도 오빠가 있어?"

"응? 응, 있어. 이름은 타카히사야."

"와아, 그렇구나……."

라티파가 먼 곳을 보며 맞장구쳤다.

"아이시아 님 얘기가 나와서 말인데, 한 가지 신경 쓰이는 점이 있습니다만……."

사라가 쭈뼛쭈뼛 입을 열었다.

"뭔가요?"

"그, 그게, 아이시아 님, 리오 씨와 너무 밀착하지 않습니까?"

아키의 물음에 사라가 사람들의 안색을 살피며 물었다.

"앗, 나도 그렇게 생각했어."

오피아가 엘프 귀를 쫑긋쫑긋 움직이며 관심을 보였다.

"아, 확실히. 이미 익숙해졌지만요……."

아키가 쓴웃음을 지으며 동의했다.

"혹시 슈트랄 지방에 있을 때부터 그랬나요?"

아르마도 신경 쓰이는지 물어봤다.

그도 그럴 것이 아이시아는 정신 차리고 보면 리오 옆에 있었다. 달라붙듯이 옆에 서 있거나 손이나 몸이 닿아있는 등 어리광부리는 것과는 거리가 멀었지만, 무척 자연스러워서 사라 일행은 이따금 시선을 빼앗겼다.

"으음. 하지만 라티파도 하루토 씨랑 자주 붙어 있잖아?"

미하루가 고개를 갸웃거리며 말했다.

"아뇨, 가까운 남매간의 거리와는 다른 무언가가……."

사라가 곧바로 부정했다.

"그렇죠. 뭐라 하기 어렵지만, 독특한 분위기가 있어요."

아르마가 고개를 끄덕였다.

"리오 씨는 신사적이라서 기본적으로 적당히 거리를 두는 사람이지."

"맞아, 맞아요! 그런데 아이시아 님은 특별하다고 할까, 밀착을 당연하게 허락하는 기분이 듭니다."

오피아의 말에 사라가 격하게 동의했다. 그 뒤로 그들은 현기증이 날 때까지 신나게 걸즈토크를 펼쳤다.

다음 날 오전.

리오는 아침식사를 마치고 오전 중에 끝내고 싶은 일이 있다며 홀로 방에 틀어박혔다. 사라, 오피아, 아르마, 세 사람은 일 때문에 청사에 가야 한다며 외출했다. 게다가 라티파, 아키, 마사토, 세 사람은 벨라와 아르슬란과 약속했는지 밖으로 놀러나갔다.

그 결과, 집 거실에는 미하루와 아이시아만 남았다.

"셋이서 집 당번이라니 왠지 신선하네. 아이랑 둘이 있는 것도 오랜만이야."

미하루가 소파에 앉아 아이시아를 마주보고 즐겁게 방긋방긋 웃으며 말했다.

"하루토도 여기로 불러서 셋이서 이야기할래?"

"후후, 안 돼. 즐겁겠지만, 하루토 씨는 방에서 할 일이 있으니까."

"알았어. 그럼 둘이서 이야기 해. 무슨 이야기할까?"

아이시아가 꾸벅 고개를 끄덕이고 살짝 고개를 갸웃거렸다.

"으음. 앗, 그래. 그럼 뭣 좀 물어봐도 될까? 마침 둘만 있으니까, 하루토 씨 일로 아이에게 상담하고 싶은 게 있는데……."

미하루가 뭔가 떠올랐다는 듯이 이야기를 꺼냈다.

"뭔데?"

"마사토 군이 정식으로 검술을 배우게 됐잖아? 그러니까 하루토 씨에게 보답할 것도 있고, 늘 신세지니까 내가 해줄 수 있는 게 없을까 해서."

"······하루토는 딱히 보답을 바라지 않을 거라 생각해."

아이시아가 잠깐 생각하고 천천히 고개를 저었다.

"응. 그건 알지만, 뭔가 하고 싶어. 순전히 내 자기만족
일지도 모르지만, 하루토 씨를 기쁘게 해주고 싶어······."

미하루는 가슴에 손을 대고 자신의 마음을 말했다.

"그럼 그 마음을 하루토에게 전하면 무척 기뻐할 거야."

"응? 그, 그건, 직접 말하는 건, 부끄럽잖아. 뭔가 행동
이나 형태가 있는 게 좋으니까 이렇게 아이에게 상담하는
거야."

아이시아의 제안에 미하루는 기습을 당한 것처럼 허둥
지둥 말했다.

"······미하루가 해주는 거라면 하루토는 무엇이든 기뻐
할 거야."

"그렇지는 않을걸. 하루토 씨는 혼자서 뭐든 할 수 있어
서 뭘 해야 좋을지 모르겠어. 나는 발목만 잡고······."

그렇게 말하며 쓸쓸함을 느꼈는지, 미하루의 얼굴이 어
두워졌다.

"그렇지 않아."

아이시아가 딱 잘라 부정했다.

"응?"

"분명 하루토는 혼자서 많은 일을 할 수 있어. 하지만 혼자
는 외로워. 버팀목이 필요해. 미하루가 지탱해주면 하루토는

반드시 기뻐해. 그러니까 미하루도 하루토를 지탱해줘."

놀란 미하루에게 아이시아가 거침없이 말했다.

미하루는 눈을 깜빡이고 부드럽게 미소 지었다.

"……응, 알았어."

그리고 조용히 고개를 끄덕였다.

"그럼 됐어."

아이시아도 부드럽게 미소 지었다.

"후후, 역시 아이에게 상담하길 잘했어. 하루토 씨를 잘 아는구나."

"미하루도 잘 알잖아."

"응? 그렇지도 않은데……."

아이시아의 말에 미하루가 이상해하며 고개를 갸웃거리고 물어봤다.

"예를 들어, 하루토 씨가 기뻐할만 한 거 아니?"

"……미하루의 마음을 하루토에게 전달하는 것."

"으, 그러니까 그건 부끄러워. 무언가를 한 김에 평소의 고마움을 표하는 건 뭐, 괜찮지만……."

"……그럼 하루토를 안아준다?"

"그, 그건 더 부끄러워서 못 해!"

아이시아가 고개를 갸웃거리며 제안하자 미하루가 당황해서 소리쳤다.

"그럼 점심에 맛있는 걸 만들어줘. 하루토가 좋아하는 걸로."

"점심. 점심이라. 항상 만드는데……. 그런데 하루토 씨는 뭘 좋아해?"

미하루가 리오가 좋아하는 음식을 물었다.

"……오므라이스. 하루토가 지구에 있었을 때, 어렸을 때부터 좋아했어."

아이시아가 대답했다.

"오므라이스, 그렇구나……. 알았어, 만들어볼게!"

미하루는 생각에 잠겨 먼 곳을 보더니 힘차게 말했다.

"나도 같이 만들고 싶어. 미하루가 만드는 방법, 가르쳐줘."

아이시아가 미하루와 함께 요리를 만들고 싶다고 했다. 바위 집에서 리오와 미하루의 요리를 자주 도와준 덕분에 아이시아도 간단한 요리는 만들 수 있었다. 하지만 두 사람의 실력에는 아직 비할 바가 못 됐다. 지금은 아직 수행 중이다.

"응, 물론. 그거 말고도 같이 여러 개 만들어보자!"

미하루가 흔쾌히 승낙했다.

미하루와 아이시아는 둘이서 요리하기로 했다. 스튜, 샐러드, 디저트로 케이크를 만들기로 하고 얼른 주방으로 발을 옮겼다.

둘이서 같은 앞치마를 걸치고 제일 먼저 케이크를 만들기로 했다. 사전준비를 마치고 스펀지케이크 반죽을 만들기 위해 목제 볼에 재료를 투입했다. 미하루의 지시에 따라 아이시아가 재료를 빙글빙글 휘저었다. 가루가 적당히 섞이고 반죽이 찰기와 점성을 띠기 시작했다.

"응, 그쯤? 여기에 녹인 버터와 우유를 넣고……. 자, 이 번에는 반죽에 윤기가 돌 때까지 가볍게 섞어봐."

미하루가 사전에 냄비에 녹인 버터와 우유를 볼에 투입하고 다시 내용물을 섞으라고 아이시아에게 지시했다.

"알았어."

아이시아가 미하루의 지시대로 볼 내용물을 뒤섞었다.

"……응. 그 정도면 됐어. 다음은 이걸 틀에 붓는 거야. 반 죽에 공기가 들어가지 않아야 해. 낮추지 말고, 천천히……."

미하루가 볼을 잡은 아이시아의 손을 부드럽게 잡고 유도했다.

"이렇게?"

"응, 그렇게. 이걸 40분 정도 구우면 스펀지는 완성이야. ……이제 됐어. 그동안 스튜를 만들까?"

아이시아가 틀에 케이크 반죽을 붓자 미하루가 익숙한 손놀림으로 반죽이 든 틀을 오븐에 넣었다. 그리고 반죽을 굽기 시작하자 빈 시간을 이용해 다음 요리를 시작했다. 그렇게 둘이서 이야기하며 순조롭게 요리했다.

잠시 시간이 흐르고—.

"……있지, 아이."

미하루가 기회를 엿보고 있었는지 갑자기 아이시아에게 말을 걸었다.

"왜?"

"아이는 눈 뜨기 전의 일을 전부 잊었지만, 계약자인 하루토 씨만은 기억했다고 해야 하나? 알고 있었던 거지?"

"응."

아이시아가 짧게 대답했다.

"음, 그럼 있잖아. 아이가 아는 하루토 씨는 어떤 사람이었어? 아이가 알던 사람이었어?"

미하루가 아이시아의 반응을 살피며 머뭇머뭇 물었다.

"……하루토는 하루토야. 겁쟁이에 자신감 없고 과거에 사로잡혀 헤매고 있어. 그래도 올바르고자 하고 앞으로 나아가려는, 강한 사람."

아이시아는 순간 말이 없다가 조용히 말했다.

미하루는 추상적인 리오의 인물상을 듣고 조금 쓸쓸하게 미소 지었다.

"아이는 내가 모르는 하루토 씨를 많이 아는구나……."

"그럴지도 몰라. 하지만 미하루가 더 잘 아는 하루토도 있어."

"그럴, 까?"

미하루가 자신없어하며 고개를 갸웃거렸다.

"응. 미하루가 깨닫지 못했을 뿐."

아이시아가 자못 그것이 진실이라는 듯이 단언했다.

"후후, 아이는 마치 아는 것처럼 말하네."

미하루가 놀라서 눈을 동그랗게 뜨고 즐겁게 웃었다.

"……미하루가 하루토를 받아들여줬으면 하니까."

아이시아는 그렇게 말하며 미하루를 똑바로 쳐다봤다.

"그래…… 응."

미하루는 쑥스러운지 고개를 숙이고 살짝 끄덕였다. 그리고 얼버무리려는지 얼른 요리를 재개했다.

"이야기는 이제 됐어?"

"으, 응. 이상한 거 물어봐서 미안해."

아이시아의 물음에 미하루가 쑥스러워하며 고개를 저었다.

그 후, 미하루와 아이시아는 순조롭게 요리를 진행했다. 그리고 대강 요리를 다 끝냈을 쯤에 리오가 거실로 나왔다.

리오는 주방에서 풍기는 맛있는 냄새를 바로 알아차렸다.

"죄송해요, 미하루 씨. 혹시 점심식사 준비했어요? 어, 아이시아도 같이 만들었어?"

사과하며 주방으로 온 리오는 같은 앞치마를 걸친 미하루와 아이시아를 보고 살짝 눈을 크게 떴다.

"네, 마침 하루토 씨를 부르려던 참이었어요."

"하루토를 위해 고마움과 애정을 담았어."

미하루가 웃으며 대답하자 아이시아가 억양 없이 말했다. 아이시아 나름의 농담인지, 진심인지, 판단이 어려웠다.

"아하하, 열심히 했어요."

미하루가 아이시아의 말을 부정하지 않고 부끄러워했다.

"……음, 고마워요, 두 사람. 그런데 이 냄새, 혹시 스튜예요?"

리오가 부끄러운지 고맙다고 하고 조리 중인 요리로 화

제를 바꿨다.

"아, 네. 그리고 지금부터 오므라이스를 만들 거예요."

"오므라이스, 좋은데요? 마침 먹고 싶었어요."

오므라이스라는 말에 리오가 기쁜지 웃어보였다.

"미하루 특제 오므라이스. 맛봐."

"그, 그렇게 대단하지는 않아……."

아이시아가 맛을 보장한다는 식으로 말하자 미하루가 조금 자신없어하며 중얼거렸다.

"아뇨, 엄청 먹어보고 싶어요. 미하루 씨의 오므라이스."

리오가 기분 탓인지 들뜬 모습으로 부탁했다.

"후후, 고맙습니다. 그럼 하루토 씨는 앉아서 기다려주세요."

아이의 말대로 오므라이스를 좋아하는구나. ―미하루는 그렇게 생각하고 키득 웃으며 요리하기 시작했다.

몇 분 지나지 않아 요리를 끝내고 미하루와 아이시아가 다른 요리와 함께 막 만든 오므라이스를 리오가 기다리는 식탁으로 옮겼다.

"자, 여기요."

"고맙습니다. ……어? 두 사람 거는요?"

고마움을 표한 리오가 음식을 가져다주고도 그 자리에서 서 있는 미하루와 아이시아를 이상하다는 듯이 올려다봤다.

"아, 그게 말이죠. 괜찮다면 하루토 씨의 감상을 듣고 싶어서요."

미하루가 부끄러워하며 말했다.

"아. 그럼 따뜻할 때 먹어야겠네요. 그럼, 바로……."

리오가 사정을 알고 조금 부끄러워하며 스튜를 얹은 뜨거운 오므라이스를 입으로 가져갔다. 씹으니 반숙 달걀과 섞인 스튜 맛이 입 안을 달렸다. 치킨라이스에도 스튜를 섞었는지 전체적인 일체감과 중후함이 발군이었다.

"맛있다! 맛있어요!"

리오가 그렇게 말하고 눈을 크게 떴다.

"정말요? 다행이다. 실은 처음으로 어머니께 배운 요리가 오므라이스예요. 여러 번 만들다보니 은밀한 특기 요리가 됐어요."

미하루가 안도의 한숨을 내쉬고 기뻐하며 말했다.

"아, 그랬군요. 그런데 은밀한 특기요?"

"아하하, 가족 외에는 만들 기회가 거의 없었거든요."

"그런 거였군요."

리오가 이해하고 즐겁게 웃었다.

"저기, 하루토 씨……. 항상 고마워요."

그때, 미하루가 리오의 얼굴을 바라보며 고마움을 표했다.

"……네? 저야말로."

리오는 의아해하며 고개를 갸웃거리고 자신도 고맙다고 했다. 아이시아는 그런 두 사람의 대화를 옆에서 묵묵히 지켜봤다.

◇ ◇ ◇

한편, 그 무렵.

라티파, 아키, 마사토, 세 사람은 집을 나와 벨라와 아르슬란과 합류해 지금은 청사 앞 광장 구석에 앉아 피크닉을 겸해 수다를 떨고 있었다.

그들의 눈앞에는 미하루와 오피아가 만들어준 도시락과 벨라와 아르슬란의 어머니가 만들어준 도시락이 있었다.

"마사토, 오늘 리오 형한테 검술 배워?"

아르슬란이 샌드위치를 베어 물며 물었다.

"응. 정오 지나서 이 광장에서 한대."

"와, 그럼 시간 남으면 나도 상대해달라고 해야겠다."

마사토가 고개를 끄덕이자 아르슬란이 씩 웃으며 말했다.

"나도 오랜만에 오빠랑 대련하자고 할까? 자상하게."

라티파도 그렇게 말하고 에헤헤 기뻐하며 웃었다.

"저는 며칠 만에 사라 언니에게 대련을 부탁하고 싶어요."

벨라는 벨라대로 친언니와의 대련을 생각하는 모양이었다.

아키는 라티파와 벨라를 빤히 쳐다봤다.

'둘 다 내 또래의 평범한 여자애로만 보이는데 전사 교육을 받고 있구나. ……안 무섭나?'

아키는 신기했다.

"응? 왜 그래요? 아키."

벨라가 시선을 느끼고 아키에게 물었다.

"아, 음…… 다들 내 또래인데 전사의 싹이란 생각이 들어서. 마사토와 같은 세례를 받았는데도 싸우고 싶은 거지?"

아키는 머릿속에 떠오른 생각을 그대로 말했다.

"……으음, 싸우고 싶으냐면 그건 아니야. 그리고 무섭고 안 무섭고를 따지자면 역시 싸움은 무서워."

라티파가 끙끙거리며 자기 나름의 생각을 말했다.

"……무서운데 싸우는 거야?"

아키가 머뭇거리며 물었다.

"응. 필요할 때 맞설 힘이 없으면 무서우니까. 마사토 군도 말했지만, 나는 소중한 사람을 지킬 힘을 원해. 옆에서 지켜보기만 하는 건 괴로우니까."

라티파가 단호하게 고개를 끄덕였다. 그리고 마지막에는 공허한 미소를 지었다. 아키는 그런 라티파의 표정을 가만히 쳐다봤다.

"그렇죠. 저도 라티파와 같은 생각이에요."

"나도. 뭐, 마을 전사 중에는 싸움꾼도 있지만. 우즈마 씨라든가, 강한 상대랑 싸우는 걸 좋아하는 사람."

벨라와 아르슬란이 라티파에게 동의했다.

"지킬 힘……."

아키가 중얼거리고 마사토를 쳐다봤다.

"왜, 왜?"

"아니, 그냥……."

마사토가 상기된 목소리로 묻자 아키가 살짝 고개를 저었다.

"후훗― 마사토 군은 아키를 지키고 싶은 거군요?"

벨라가 빙그레 웃으며 마사토의 심정을 추측했다.

"뭣, 무슨, 아, 아니야!"

마사토가 새빨개진 얼굴로 부정했다.

"말은 그래도 붉은 얼굴이 움직일 수 없는 증거예요."

"아니라니까! 완전, 아니야!"

벨라가 자신만만하게 말하자 마사토가 필사적으로 부정했다.

"마사토의 마음은 그렇다 치고, 힘이 없으면 자기주장을 밀고 나가지 못할 때도 있어. 여차할 때 자신을 지킬 수 있는 건 자신뿐이니까."

아르슬란이 훗 웃으며 이야기를 정리하려고 했다.

"그거, 전사들이 하는 말이잖아요. 아르슬란."

벨라가 뜨뜻미지근한 눈빛으로 아르슬란을 쳐다봤다.

"윽. 벼, 별 상관없잖아. 내 나름대로 그 말에 느낀 바가 있다고."

아르슬란은 그렇게 말하고 부끄러워하며 고개를 돌렸다.

"알 것 같기도 하지만, 아직 한 사람 몫도 못하는 아르슬란이 말하니 무게가 반감돼요."

벨라가 석연치 않아 하며 고개를 갸웃거렸다.

"아하하. 그럼 예를 들어 아키의 소중한 사람이 아키를 지키려고 해. 아키 대신 나서서 위험과 마주하려고 하면 어떨 것 같아?"

라티파가 쓴웃음을 짓고 구체적인 예를 들어서 아키에게 물어봤다.

"으, 싫어. 그건 싫어."

아키는 바로 상상이 됐는지 자신의 감정을 그대로 표현했다. 지금 질문으로 아키의 머리에 제일 먼저 떠오른 것은 슈트랄 지방에서 정체 모를 인간형 괴물에게 공격당했을 때, 자신을 지키려고 한 미하루의 모습이었다. 그리고 그 다음에 오빠인 타카히사와 동생인 마사토가 떠올랐다.

"그렇지? 그래서 우리는 지킬 수 있는 힘을 원해. 적어도 언니오빠들의 발목을 잡지 않도록 말이야."

라티파는 그렇게 말하고 조금 쓸쓸한 미소를 지었다.

"저도 언니들을 지킬 힘을 원해요. 그러니까 무서워도 싸울 거예요."

벨라가 고개를 끄덕이며 말했다.

"……안개가 껴있었는데 모두의 마음이 어떤지 알겠어. 나도 오빠와 미하루 언니를 위해서라면 무서워도 싸울 것 같아."

아키가 의문이 해소됐는지 부드러운 미소를 지으며 말했다. 지금은 마사토가 검술을 배우고 싶다고 한 동기가 어제보다 더 이해…… 아니, 공감됐다.

"저기요— 아키 누나. 형이랑 미하루 누나만 있고 나는 없는데?"

마사토가 그렇게 묻고 이거 보란 듯이 자신을 가리켰다.

"너는 나를 지켜줄 거잖아?"

아키가 후훗 기뻐하며 웃었다.

"아— 늬에늬에. 알겠습니다."

마사토가 쑥스럽지 않은 척 하는 건지 의욕 없는 대답을 했다.

"앗, 마사토가 부끄러워한다."

"아키도 솔직하게 마사토 군을 넣는 게 부끄럽나 봐요."

벨라와 아르슬란이 재미있어하며 말했다. 아키와 마사토는 부끄러운지 뺨을 붉히며 입을 다물었다.

라티파는 센도 남매를 쳐다보며 키득 웃었다.

'아키가 말한『오빠』는 뿔뿔이 흩어진 타카히사라는 사람이겠지? 오빠는 이미 잊은…… 건가?'

라티파는 무언가가 걸린 듯, 작은 의문을 가졌다.

◇ ◇ ◇

그 후로도 미하루 일행의 마을 생활은 평화롭고 즐겁게 지나갔다.

한 달 반 이상의 시간이 순식간에 지나갔다. 그러던 어느 날의 일이다.

"슬슬 슈트랄 지방으로 가볼 생각입니다. 미하루 씨와

아이들도 마을 생활이 제법 익숙해진 것 같으니까요."

저녁식사 중, 리오가 식탁에 모인 일동에게 말했다.

"알겠습니다. 미하루와 아이들은 맡겨주세요."

사라가 그렇게 말하자 오피아와 아르마도 리오에게 고개를 끄덕였다.

"네, 여러분이 있어준 덕분에 안심하고 외출할 수 있어요."

"에헤헤, 나도 있으니까, 오빠."

오른쪽 옆에 앉은 라티파가 리오의 옷소매를 톡톡 잡으며 말했다.

"응, 믿음직해, 라티파."

리오는 고개를 끄덕이고 다정하게 라티파에게 미소 지었다.

"응, 맡겨줘!"

라티파가 기쁜지 웃고 귀와 꼬리를 쫑긋거렸다.

"그렇게 됐으니 여러분은 지금처럼 마을에서 지내주세요. 어쩌면 용사소환과 관련된 움직임이 있을지도 모르니 그것도 조사해보고 올게요."

리오는 그렇게 말하고 미하루 일행을 봤다.

"네. 부탁해요. 하지만 하루토 씨의 일에 지장을 주지 않는 범위에서…… 무리는 하지 않기에요?"

미하루가 미안해하며 고개를 숙이고 걱정스럽게 리오의 안색을 살폈다.

"걱정 마. 나도 하루토랑 같이 가."

아이시아가 조용하지만 결연한 말투로 미하루에게 말했다.

"그래. 아이가 있으면 안심할 수 있어."

미하루가 편안한 미소를 지었다.

"그러면 한동안 리오 씨와 아이시아 님, 둘만의 여행이
되겠네요……."

아르마가 중얼거렸다. 그러자 옆에 앉은 사라가 놀라서
안색을 바꿨다.

"그러고 보니 리오 씨는 원래 용무가 있어서 슈트랄 지
방으로 가는 거였죠. 오랜 지인 분이라도 계세요?"

두 사람의 반응을 흐뭇하게 지켜보던 오피아가 갑자기
생각났다는 듯이 리오에게 물었다.

"네. 실은 신세진 은사님이 계세요. 그 분께 인사드리고
싶어요."

그렇게 대답한 리오는 그리운지 먼 곳을 바라봤다.

"혹시 하루토 씨가 누명으로 지명수배 된 나라에 있었을
때의……."

아키가 전에 리오에게 들은 이야기를 떠올리고 떠봤다.

"응. 그 나라에 살았을 때의 은사님이야."

"……있지, 있지. 하루토 형, 혹시 귀족이었어?"

리오가 고개를 끄덕이자 마사토가 머뭇거리며 물었다.

"아니, 아닌데…… 왜?"

"왕족이나 귀족의 분쟁에 휘말렸다고 해서."

"아. 그건 사정이 있어서 귀족 학교에 다녀서 그래."

"그럼 그 은사님도 귀족이야? 만나러 가도 괜찮아?"

마사토가 걱정하며 물었다.

"괜찮아. 믿을 수 있는 사람이니까."

리오는 쾌활하게 고개를 저었다. 정말로 상대를 신뢰하는 것이 엿보이는 행동이었다.

"음, 어떤 사람인지 물어봐도 됩니까?"

사라가 신경 쓰이는지 질문했다. 다른 사람들도 흥미롭게 귀를 기울였다.

"아직 한창 젊은데 우수한 마도사이자 교사이자 연구자인 사람이에요. 조금 칠칠치 못한 점도 있지만, 인품이 다정하고 따뜻합니다. 귀족이 아닌 저는 학원에서 붕 뜬 존재였지만, 그 사람만은 차별 없이 대해줬어요."

리오는 은사— 세리아를 떠올리고 흐뭇하게 어떤 사람인지 설명했다.

"……한창 젊다면 몇 살 정도 되셨어요?"

"분명 올해로 스물한 살일걸요?"

"정말 젊군요. 저희와 그렇게 나이 차이도 나지 않고요. 그렇다는 건, 10대 무렵에 교사였던 겁니까?"

사라가 추가로 질문을 던졌다.

"네. 학생 시절에 큰 공적을 남기고 월반해서 학원을 졸업했대요. 지금의 마사토 정도였을 때 이미 강사를 하고 있었어요."

"그거 대단하네요. 정말로 우수한 분이시군요."

리오가 대답하자 사라 일행이 놀랐는지 눈을 동그랗게 떴다.

"응, 정말 천재야. 네가 교사인 모습은 상상이 안 되는걸."

"아키 누나도 나랑 한 살밖에 차이 안 나잖아."

아키와 마사토가 서로를 보며 말을 주고받았다.

"저기, 혹시 그 은사 분은 여성분이신지……?"

사라가 머뭇거리며 물었다.

"네. 맞아요. 백작가의 영애예요. 아니, 어쩌면 결혼해서 다른 가문으로 출가했을 가능성도 있지만요……."

리오는 문득 세리아가 결혼했을 수도 있다고 짐작했지만, 곧바로 그럴 가능성은 낮다고 생각하고 쓴웃음을 지었다. 연구 외에는 생각하고 싶지 않다고 종종 푸념했기 때문이었다.

"백작이라…… 슈트랄 지방의 인간족이 정한 귀족 계급 중 고위로 구분된 가문이로군요. 리오 씨가 그런 사람과 아는 사이였다니……."

그렇게 말하고 사라가 작게 끙끙댔다.

"역시 오빠야. 생각 못한 복병의 등장이네, 언니들."

라티파가 가까이 앉은 사라와 아르마를 향해 조그맣게 중얼거리고 즐겁게 미소 지었다. 그러자 사라와 아르마가 작게 헛기침을 했다.

"아무튼 이곳은 걱정하실 필요 없으니 리오 씨는 걱정 말고 슈트랄 지방으로 가세요. 은사님을 만나시길 기원하겠습니다."

사라가 태연한 척하며 이야기를 마무리 지었다.

◇ ◇ ◇

이틀 뒤, 이른 아침. 리오와 아이시아는 청사 앞 광장에서 일부 가까운 사람들에게 출발 배웅을 받았다. 배웅하러 온 사람들에게 한 번씩 인사를 마치자 드뤼어스가 다가와 아이시아에게 말했다.

"아이시아, 리오를 확실하게 보조해줘."

"응. 드뤼어스, 마을에 있는 동안 이것저것 가르쳐줘서 고마워."

아이시아가 드뤼어스에게 고마움을 표했다.

"나는 인간형 정령으로서 당연한 지식과 힘쓰는 방법을 가르쳐줬을 뿐이야. 네가 우수해서 빨리 배운 거고."

"저도 감사드립니다, 드뤼어스 님."

살짝 어깨를 으쓱한 드뤼어스에게 리오도 공손하게 예를 갖췄다.

"됐어, 됐어. 다만, 아이시아는 힘이 너무 강한 탓인지 실체화한 상태로 기척을 숨기는 게 약한 것 같으니 기억해 둬. 영체화하거나 이 마을과 같은 결계가 펼쳐진 바위 집 안에 있으면 기척은 거의 지워지겠지만."

드뤼어스는 거리낌 없는 태도로 고개를 젓고 주의사항

을 말했다. 정령은 서로의 기척을 느낄 수 있는데, 아이시
아는 아무래도 제법 기척이 강한 정령인 모양이었다.

"……알겠습니다. 기억해두겠습니다."

리오는 진지한 표정으로 꾸벅 고개를 끄덕였다.

"뭐, 너무 민감하게 굴 필요는 없어. 슈트랄 지방에는 야
생 정령도 거의 없을 테고, 격이 높은 정령에게 좋다고 먼
저 다가오려는 정령도 거의 없으니까. 되도록 아이시아가
원하는 대로 하게 해줘."

드뤼어스는 그렇게 말하고 다정하게 미소 지었다.

"네."

"내가 할 말은 이게 다야. 이제 이 아이들을 상대해줘."

리오가 쾌활하게 대답하자 드뤼어스가 후훗 웃고 곁에
서 대기하던 미하루와 사라 일행을 봤다. 그러자 그들 사
이에서 라티파가 뛰쳐나왔다.

"오빠, 잘 다녀와!"

그리고 제일 먼저 리오에게 안겼다.

"응, 다녀올게. 여러분, 다녀오겠습니다."

리오는 라티파의 머리를 다정히 쓰다듬으며 미하루와
사라 일행에게 말했다.

"네, 조심하세요. 그리고 미하루가 드릴 게 있는 것 같습
니다."

사라가 의젓하게 말하고 미하루를 봤다.

"아, 네. 음, 도시락을 만들었는데 괜찮다면, 그, 드세요."

미하루가 부끄러워하며 걸어 나와 쭈뼛거리며 도시락꾸러미를 리오에게 내밀었다.

"……고맙습니다. 그런데 이걸 다 언제?"

리오는 눈을 크게 뜨며 꾸러미를 받았다.

"미하루가 엄청 일찍 일어나서 만들었어요."

오피아가 그렇게 말하고 방긋방긋 웃으며 미하루를 봤다.

"제법 좋은 아내 같은데요? 미하루 언니."

아르마도 미하루에게 부드러운 눈빛을 보냈다.

"아, 아니. 나는 떠날 때 도시락이 필요할 거라 생각해서……."

미하루는 부끄러워하며 고개를 저었다.

"……감사히 먹을 게요, 미하루 씨."

리오는 기쁜지 수줍어했다.

"네, 네. 입맛에 맞았으면 좋겠어요."

"호호호. 얄밉구먼, 리오 도령."

미하루가 아직도 부끄러워하자 최장로인 아슬라가 낭랑하게 웃으며 말했다.

"그러게 말이야. 요리를 잘하고 세심한 여자는 좋다고, 리오."

도미니크도 유쾌하게 웃으며 아슬라에게 편승했다.

"아하하. 최장로님들도 배웅 감사합니다. 다녀올게요."

리오는 안 부끄러운 척하려고 아슬라와 도미니크의 말을 가볍게 흘렸다.

"음, 조심하도록. 리오 도령에게 정령의 축복이 있기를…… 참, 리오 도령에게는 아이시아 님이 계시지. 이미 크나큰 축복을 받았다 해도 과언이 아니군."

실드라가 그렇게 말하며 즐겁게 웃었다.

"네. ……《보관마술》."

리오는 피식 웃고 도시락을 『시공의 장』에 수납했다.

"그럼 갈까? 아이시아. 부탁해."

그리고 옆에 서 있는 아이시아를 보며 출발을 재촉했다.

"맡겨둬."

아이시아가 조용히, 결연하게 고개를 끄덕였다.

"그럼 다녀오겠습니다! 이른 아침부터 정말 고맙습니다."

리오는 그렇게 말하며 땅을 박차고 허공에 떠올랐다. 손을 흔들며 지상에 남은 사람들을 내려다봤다. 아이시아도 바로 날아올랐다.

그대로 둘이서 날아올라 고도를 올렸다.

'……미하루 씨.'

리오는 미하루가 자신을 빤히 올려다보고 있다는 것을 알아차렸다. 보일지 어떨지는 알 수 없지만, 마지막으로 다정히 미소 지었다.

"가자, 아이시아."

"응."

리오의 부름에 아이시아가 고개를 끄덕인 직후, 두 사람은 드디어 출발했다. 그대로 슈트랄 지방으로 이어지는 방향을 향해 가속하며 나아갔다.

　미하루는 작아지는 리오와 아이시아의 등을 지상에서 올려다봤다.

　'하루토 씨와 아이가 무사히 돌아오기를…….'

　그리고 두 사람이 보이지 않게 된 뒤에도 한동안 여행의 안전을 기원하며 하늘을 올려다봤다.

【 제 3 장 】 ❁ 슈트랄 지방으로, 다시

리오와 아이시아가 마을을 떠나고 2주가 경과했다. 미하루의 기도 덕분인지 두 사람의 여행길은 순조로웠다. 도중에 이렇다 할 위험한 생물이나 트러블과 맞닥뜨리지 않고 무사히 슈트랄 지방에 도착했다.

현재 있는 곳은 벨트람 왕국의 동쪽 끝, 로던 후작령의 어느 숲속. 리오와 아이시아는 해가 지기 전에 적당한 숲속에 내려 바위 집을 설치하고 그날 이동을 마쳤다. 그리고 바로 저녁식사를 준비하고 식탁에 마주 앉았다.

"내일 오후에는 벨트람 왕국 왕도에 도착할 테니 예정을 다시 확인해볼까?"

리오가 아이시아에게 말했다.

"응."

"내일은 일어나면 곧바로 벨트람 왕국 왕도로 향할 거야. 도착한 뒤에는 날이 밝을 동안 도시에서 용사소환에 관한 정보를 모아보자. 밤이 되면 학원에 잠입해서 세리아 선생님의 연구실을 들리고. 방이 바뀌지 않았으면 거기서 선생님을 만날 수 있을 거야."

"알았어."

리오가 설명하자 아이시아가 조용히 맞장구를 쳤다.

"그 뒤에는 선생님이 용사에 관한 정보를 알 수도 있으니까 미하루 씨네 친구인 센도 타카히사와 스메라기 사츠키, 두 사람에 관해 짐작 가는 게 없는지 물어보자. 아이시아를 소개할 수도 있는데, 이야기가 복잡해질 수도 있으니까 그건 상황을 보고 판단해도 될까?"

"응. 나는 영체화해서 주변 망보기에 전념할게."

아이시아는 자발적으로 망보기 역할을 맡았다. 영체화한 상태의 아이시아라면 물리적으로 인식되지 않기 때문에 망보기 역으로 안성맞춤이었다.

"고마워, 정말 큰 도움이 돼. ……그럼 내일 일찍 일어나야 하니까 오늘은 조금 일찍 자자. 오늘도 휴식시간 말고는 계속 날아다녔잖아."

리오는 그렇게 말하고 부드럽게 미소 지었다.

"응, 많이 자자."

아이시아는 어딘지 멍한 얼굴로 고개를 끄덕였다. 이미 조금 잠든 것 같았다.

◇ ◇ ◇

다음 날 오후, 리오와 아이시아는 왕도 벨트란트에 도착했다. 사전에 교외에 바위 집을 설치할만한 포인트를 점찍어놓고 바로 도시로 들어갔다.

지금 있는 곳은 성벽 내부 상업구역 대로 입구.

"자, 왕도에 도착한 건 좋은데……."

리오가 사람이 넘치는 길을 보며 중얼거렸다.

"왜 그래?"

후드를 써서 얼굴을 가린 아이시아가 고개를 갸웃거리며 물었다. 아이시아는 눈길을 끄는 외모라 리오의 지시로 후드를 뒤집어썼다. 참고로 리오 본인은 후드를 안 썼다.

"아니, 엄청 붐벼서. 옛날에도 붐비긴 했는데…… 근처 노점에 잠깐 물어볼까? 가자."

리오는 석연치 않은 표정으로 대답하고 이동을 재촉했다.

"응."

아이시아는 고개를 끄덕이고 인파 속에서 떨어지지 않게 손을 뻗어 리오의 왼손을 잡았다. 리오는 그런 아이시아의 손을 다정히 마주 잡았다. 두 사람은 천천히 복잡한 대로로 걸어갔다.

그러나 대로 안으로 조금 들어가는 것도 힘든 상태라 잡담 삼아 정보를 수집할만한 가게를 찾으려 해도 적당한 곳이 도통 보이지 않았다.

"빈 자리가 한 군데도 없네. 뒷골목으로 좀 들어가 볼까?"

리오는 쓴웃음을 짓고 아이시아의 손을 잡고 앞장서서 뒷골목으로 발을 옮겼다.

"뒷골목도 사람이 많지만, 자리가 빈 가게가 많은 것 같아. 안으로 쭉 들어가자."

그렇게 말하고 뒷골목 안쪽으로 좀 더 들어갔다. 그러자 생각대로 빈 자리가 드문드문 있는 점포가 보였다.

"아직 점심도 안 먹었는데 뭐 좀 먹을까?"

"응. 좋은 냄새…… 저기."

아이시아가 작은 코를 킁킁거리며 냄새를 맡더니 한 점포를 가리켰다. 샌드위치를 파는 노점이었다. 마침 줄 서 있던 사람들이 막 완성된 음식을 받고 있었다.

"그럼 저기로 가자."

리오는 그렇게 말하고 노점으로 이동했다.

"실례합니다. 두 개 주세요."

그리고 카운터를 보는 열둘, 열세 살 정도의 소녀에게 주문했다.

"……"

소녀는 리오의 얼굴을 보고 넋을 잃고 굳어버렸다.

"……저기요?"

"아, 아뇨, 2인분이죠? 잠시만 기다려주세요. 엄마, 두 개 부탁해!"

리오가 이상하다싶어 물어보니 소녀는 살짝 뺨을 붉히고 고개를 저었다. 그리고 카운터 뒤에서 요리하는 어머니로 보이는 사람에게 주문을 전달했다.

"네, 네, 잠시만 기다려주세요."

소녀의 어머니로 보이는 여자가 붙임성 좋게 고개를 끄덕이고 바로 요리를 시작했다. 여자의 나이는 서른 전으로 보였다. 아직 젊고 아름다웠다.

'……응?'

리오는 여성의 얼굴을 보고 기시감과 비슷한 희미한 위화감을 느꼈다. 하지만 왜 그런지 짐작 가는 부분이 없기에, 생각을 그만두고 본래 목적을 입에 담았다.

"대로 쪽에 인파가 엄청나던데 항상 저렇습니까?"

"아, 누군지 대단한 가문의 귀족님이 내일 결혼하신데서 왕도 밖에서 사람들이 잔뜩 온 모양이에요. 퍼레이드도 하고 대대적으로 식을 올릴 거라던데요? 그 덕분에 가게 위치가 이런데도 손님이 와서 고맙지만요."

소녀가 리오의 물음에 기쁜 듯이 웃으며 대답했다.

"내일. 그래요? 참고로 어느 집 귀족인지……?"

대단한 가문이라면 자신이 아는 귀족일 수도 있었다. 리오는 흥미삼아 질문했다.

"으음, 뭐랬더라. 분명히, 아르, 아르……."

소녀는 어렴풋지 고개를 갸웃거리며 기억을 뒤졌다.

"……아르보 공작가요?"

"아, 맞아요, 맞아! 그런 이름의 귀족님이었어요."

리오가 집안 이름을 말하자 소녀가 활짝 밝은 표정을 지으며 고개를 끄덕였다.

"그렇군요. 정말 상당한 대귀족이네요."

'왕도에서 퍼레이드를 하며 식을 올리다니, 권세를 과시하는 게 목적인가? 9년 전, 제2왕녀 유괴사건의 영향으로 적어도 내가 이 나라를 떠났을 때는 아르보 공작의 영향력이 희미했는데……. 내가 나라를 떠난 뒤에 국내 정치 균

형에 변화가 생겼나? 세리아 선생님의 본가는…… 분명 국왕에게 충성심이 특히 강한 폰테인 공작파였어.'

리오는 소녀에게 대답하고 예전 국내 정치 균형을 비추어 현재 상황을 추측했다.

"음, 오빠, 귀족님을 잘 아네요?"

소녀가 그렇게 말하고 머뭇거리며 리오의 얼굴을 올려다봤다.

"응? 아, 전 귀족이 아니니 무서워할 필요 없습니다."

리오가 놀라서 눈을 동그랗게 뜨고, 소녀의 생각을 알아차렸는지 즐겁게 미소 지었다.

"아, 아뇨, 그게 아니에요! 말하는 게 엄청 예뻐서, 혹시나 했는데, 딱히 걱정을 한 건 아니고……. 어어, 저한테 그렇게 정중하게 말하지 않아도 돼요, 네. 앗, 저는 소피라고 해요!"

소녀가 얼굴을 붉히고 손짓발짓하며 허둥지둥 변명하다가 결국에는 자기 이름까지 말했다.

"왜 그래? 소피. 자, 다 됐어. 손님께 드려."

요리가 끝났는지 소피의 어머니가 뒤에서 말을 걸었다.

"앗, 엄마, 응. ……자, 오래 기다리셨습니다, 손님!"

소피가 완성된 샌드위치를 받아들고 리오에게 인사하며 건넸다.

"딸이 실례했습니다, 손님."

소피의 어머니가 그렇게 말하고 리오에게 깊이 머리를

숙였다.

"아뇨, 귀엽고 애교 있는 아가씨네요. 덕분에 의미 있는 대화를 나눴어요."

리오가 미소 지으며 고개를 저었다.

"그래요? 그렇다니 다행이네요."

소피의 어머니가 작게 한숨을 내쉬었다.

"갑자기 죄송한데 이 가게는 얼마나 하셨습니까?"

리오가 갑자기 그런 걸 물었다.

"음. 이제 5년째 되는 것 같네요. 이 아이가 어렸을 때부터 했으니까요."

소녀의 어머니가 조금 의아해하며 대답했다.

'아, 그런가. 어쩐지…….'

리오는 납득했다는 듯이 입가에 미소를 그렸다.

"그렇군요. 아마 그때쯤에 이 가게에 한 번 들른 적이 잇는 것 같습니다. 어쩐지 가게를 보고 묘한 기시감이 느껴지더라고요. 분명히, 그 때도 따님이 서빙했던 기억이 납니다."

리오가 갑작스럽게 질문한 의도를 설명했다.

소피는 자기 이야기가 나오자 몸을 흠칫했다.

"어머나, 그랬나요? 기억해주셔서 고맙습니다."

소피의 어머니는 사정을 알고 기뻐하며 고마워했다. 리오가 전혀 기억나지 않는지 짐작도 안 가는 모양이었다.

참고로 리오가 전에 이 가게를 들른 것은 예전에 지명수배가 된 이 나라를 떠나기 위해 왕도에서 여장을 꾸리던 때였다. 리오는 그때 이후로 크게 성장했고 머리카락 색도 바꿔서 이 모녀가 알아차리지 못하는 것도 당연했다.

"아뇨, 여기 돈이요. 자, 아이시아."

리오는 모녀에게 가볍게 인사하고 카운터 표에 적힌 요금을 놓고 아이시아에게 샌드위치 하나를 건넸다.

"고마워. ……맛있어."

아이시아가 고개를 끄덕이고 샌드위치를 받아 바로 한입 베어 물었다.

"괜찮다면 이쪽 의자에 앉아서 드세요."

소피의 어머니가 기쁜지 미소 지으며 가게 밖으로 나와 리오와 아이시아에게 카운터 옆에 만든 자리에 앉으라고 권했다.

"그럼 실례하겠습니다."

리오와 아이시아는 나란히 의자에 앉았다.

"정말 맛있네요."

리오도 샌드위치를 먹고 맛있다며 감상을 말했다.

씹는 맛이 있는 바게트 빵을 씹으니 내용물로 껴 넣은 고기와 채소에 배인 육즙과 소금 양념 소스의 맛이 입 안 가득 퍼졌다.

"고맙습니다. 그럼 천천히 드세요."

소피 어머니가 그렇게 말하고 가게 안으로 돌아갔다. 소피는 가끔 리오와 아이시아를 힐끗거렸다. 리오는 괜히 마음이 불편해서 소피를 불렀다.

"저기, 소피?"

"네, 네! 왜 그러세요?"

소피가 기뻐하며 대답했다.

"일하는데 방해되지 않는다면 하나 더 물어보고 싶은 게 있는데……."

"다른 손님이 올 때까지는 무엇이든지요!"

"그럼 넉 달 전에 일어난 용사소환에 관해서 뭐 아는 거 없니?"

리오는 용사소환에 관한 질문을 해봤다.

"아, 한 때 엄청난 화제였죠. 왕성에서 빛기둥이 치솟아서 엄청난 대소동이었어요."

소피가 당시를 떠올리고 신이 나서 말했다.

"그럼 혹시 이 나라는 용사를 공개했어?"

"네. 성에서 정식으로 고시문도 냈어요."

"와……. 참고로 용사 이름이 뭔지 알아?"

리오는 감탄하며 물었다.

"죄송해요. 용사님의 이름까지는……."

소피가 미안해하며 고개를 저었다.

"그래. 그럼 됐어. 가르쳐줘서 고마워."

리오는 그렇게 말하고 다시 샌드위치를 먹었다. 아이시아는 옆에서 샌드위치를 귀엽게 우물우물 씹었다.

몇 분도 되지 않아 식사를 마쳤다.

"잘 먹었습니다. 정말 맛있었어요. 근처에 오면 또 먹으러 올게요."

리오는 그렇게 말하고 가게를 뒤로 했다.

"네, 또 오시길 기다릴게요!"

소피와 그녀의 어머니가 기운차게 리오 일행을 배웅했다.

"잘 어울리는 커플이었어."

소피의 어머니— 안젤라라는 이름의 여성이 말했다.

"응. 후드 사이로 얼굴을 살짝 봤는데, 여자 손님, 엄청 아름다웠어……."

소피가 동성임에도 홀린 듯이, 그러면서도 부러워하며 고개를 끄덕였다.

"후후, 또 만났으면 좋겠다."

안젤라가 그렇게 말하고 즐겁게 웃었다.

◇ ◇ ◇

리오와 아이시아는 그 뒤로도 정보 수집을 겸해 시장 산책을 계속했다. 점점 해가 기울고 어두워지더니 이내 거의 모든 노점이 문을 닫는 시간이 됐다. 대신 여관과 술집이 북적이기 시작했지만, 공교롭게도 두 사람은 그쪽에 볼 일이 없었다.

"좋아, 일단 시장에서 하려고 했던 만큼은 정보를 수집했어. 오랫동안 같이 다녀줘서 고마워, 아이시아."

리오는 인파가 줄어든 대로를 걸으며 계속 같이 걸어준 아이시아에게 감사를 표했다.

"나는 같이 있었을 뿐. 정보 수집은 전부 하루토가 했어."

아이시아가 평탄한 목소리로 말했다.

"아니. 아이시아가 옆에 있어준 덕분에 경계심을 푼 사람도 있었는걸. 정말 큰 도움이 됐어."

"그랬다니 다행이야."

후드를 써서 얼굴을 가리긴 했지만, 가까이에서 보면 체형 때문에 아이시아가 여자라는 것을 알 수 있었다. 이성끼리 같이 있는 것을 보고 커플로 착각한 사람도 있고, 가끔 후드 사이로 보이는 아이시아의 얼굴에 정신을 빼앗겨 실수로 하면 안 되는 말을 한 점원도 있었다. 덕분에 순조롭게 정보를 모았다. 아이시아 님 만세다.

"이제 일정대로 학원을 가보려고. 피곤하면 아이시아는 쉬어도 되는데······."

"괜찮아. 나도 갈래. 잠입에는 영체화 할 수 있는 내가 도움이 될 거야."

아이시아가 얼굴 한 번 찌푸리지 않고 동행을 제안했다.

"······고마워. 바로 갈까?"

리오는 헌신적인 아이시아에게 고마움과 미안함이 담긴 미소를 지은 뒤 목적지를 향해 걸었다. 목적지는 물론 벨트람 왕립학원. 예전에 리오가 다녔던 배움터의 도서관탑 지하에 있는 세리아의 연구실이었다.

하지만 왕립학원 부지는 엄중한 성벽으로 둘러싸인 귀족 거리의 훨씬 안쪽, 왕성과 인접한 곳에 있어서 정공법으로는 들어갈 수 없었다. 필연적으로 잠입밖에 방법이 없지만, 리오와 아이시아의 정령술만 있으면 그렇게 어렵지 않았다.

리오와 아이시아는 상대적으로 경비가 삼엄하지 않은 성벽 외곽에서 정령술로 하늘을 날아 십 몇 미터나 되는 성벽을 가볍게 뛰어넘었다. 어두워질 때까지 기다린 이유는 단순히 어둠에 잠긴 밤이 침입하기 쉽기 때문이었다. 아무리 그래도 해가 중천에 뜬 도시에서 당당하게 하늘을 날 수는 없었다.

"이쪽이야."

리오는 적당한 건물 옥상에 내려앉았다. 정령술로 신체를 강화해 경쾌하게 질주하며 귀족 거리의 지붕을 조용히 달렸다. 아이시아도 그 뒤를 따랐다. 약 몇 분 만에 왕립학원에 도착했다.

예전에 학원에 다닌 적이 있는 리오는 부지 내에서 헤맬 일도 없었다. 경비병의 순찰도 귀족 거리보다는 삼엄하지 않아서 깔끔하게 도서관탑에 도착했다.

도서관탑 입구에 경비병 두 명이 서 있었지만, 사건다운 사건이 일어나지 않아서 그런지 전혀 의욕이 없어 보였다.

"2층 뒤쪽에 테라스가 있어. 옛날에는 그쪽 창문 잠금장치가 쉽게 풀렸으니까 올라가보자. 안 되면 아이시아가 영체화해서 안쪽으로 들어가서 열어줘."

"알았어."

리오와 아이시아는 2층 테라스로 뛰어올랐다.

"분명 여기를…… 아니, 처음부터 아이시아가 안에서 열어주는 편이 빠른가."

잠긴 목제 창문 앞에 선 리오는 쓴웃음을 짓고 아이시아를 봤다. 창문을 열어주러 가는 김에 안에 사람이 없는지도 확인해주면 완벽했다.

"응, 맡겨둬."

아이시아가 고개를 끄덕이고 영체화해서 빛 입자로 변해 모습을 감췄다. 그러자 10초도 안 돼서 달칵 소리가 나고 끼이익 창문이 열렸다.

"들어와. 안에 아무도 없어."

"……고마워, 아이시아 덕분에 예상한 것보다 쉽게 잠입할 수 있겠어."

리오가 즐겁게 웃으며 고맙다고 했다. 그리고 도서관탑 안에 들어와 다시 문을 닫고 잠갔다.

"가자, 선생님의 연구실은 지하에 있어."

마음을 다 잡고 지하실로 향했다. 도서관탑 안에는 경비병이 없지만, 시간과 상관없이 관내에 연구자가 남아 있었다. 아직 방심할 수 없었다.

'그렇네.'

리오는 익숙한 지하통로를 걸으며 그런 생각을 했다. 마도구의 빛으로 희미하게 밝힌 통로를 걷다보니 예전에 세리아의 연구실로 썼던 방 앞에 도착했다. 문에 달린 명패에『세리아 크렐』이라는 이름이 또렷하게 적혀 있었다.

'선생님의 이름이야.'

리오는 훗 미소 지었다. 그리고 작게 심호흡하고 문에 살짝 노크했다. 하지만 방 안은 조용했다. 몇 초 기다려도 반응은 돌아오지 않았다.

"……없나?"

다시 노크해 봐도 반응이 없자 리오의 얼굴이 어두워졌다.

"보고 올게."

그러자 아이시아가 그런 말을 남기고 영체화하여 빛 입자가 되어 흩어졌다.

'프라이버시가 있을 수가 없네.'

아이시아가 평상시 실체화해 있어서 그 폐해를 깨닫지 못했는데, 마음만 먹으면 얼마든지 악용할 수 있는 능력이었다. 리오는 앞으로 누군가의 프라이버시를 침해할 때는 때와 장소와 상대를 엄선해야겠다고 쓴웃음을 지으며 생각했다.

그 직후, 빛 입자가 밀집해 아이시아의 모습을 갖췄다.

"세리아는 없어. 텅 비었어."

아이시아가 나타나 보고했다.

"오늘은 이미 귀가했나?"

"아니. 적어도 요 며칠은 이 방을 사용한 것 같지 않아.

방 물건도 거의 철거됐어."

"……조금 자세히 조사해봐야겠어."

리오는 입가에 손을 대고 심각한 얼굴로 중얼거렸다.

"어떡할래?"

"조금 위험하지만, 아직 다른 방에 연구자가 남아있을 수도 있으니까 환술을 쓰자. 일단 이 층의 연구실을 닥치는 대로 조사해봐야겠어."

아이시아의 물음에 리오가 대답했다.

"알았어. 그럼 내가 영체화해서 조사할게."

"……그게 제일 안전한가. 미안하지만, 당장 부탁해도 될까?"

리오가 잠깐 고민하다가 바로 결단을 내렸다.

"맡겨둬."

그 후, 아이시아는 재빠르게 영체화해서 행동을 개시했다. 그리고 1분도 지나지 않아 다시 실체화해 리오 앞에 나타났다.

"하루토, 이쪽."

아이시아가 점찍은 방으로 리오를 안내했다.

"고마워. 누가 있어?"

"장년 남성 연구자. 내가 방에 들어갈게. 정령술로 환술을 걸고 하루토를 부를 테니까, 내가 부르면 들어와."

아이시아는 자신이 환술을 걸겠다고 말했다.

환술이란 다른 사람의 정신과 오감에 작용하는 정령술

이다. 예를 들자면 암시도 환술의 일종이고 그밖에도 다양한 종류가 있는데, 최고난이도의 강력한 환술은 상대방에게 백일몽을 보여줄 수도 있다고 한다.

단, 환술은 거는 데 시간이 걸리고 상대방이 저항하면 효과가 감소하거나 아예 환술에 걸리지 않을 수도 있어서, 환술 쪽 정령술의 기량이 있는지 없는지를 떠나서 운용하기 몹시 어려운 기술이다.

따라서 상대방이 알아차리지 못하도록 기습적으로 환술을 거는 것이 기본이다. 억지로 환술을 걸더라도 저항하면 환술을 걸었다는 것을 알아차리기 때문에, 발동은 성공하더라도 운용은 실패했다고 해도 과언이 아니었다.

"……영체화할 수 있는 아이시아가 확실하게 환술을 걸수 있겠지."

그러한 사실을 아는 리오는 괴롭게 고개를 끄덕이고 작게 숨을 내쉬었다.

"단, 말할 것도 없지만, 우리가 학원에 침입해서 세리아 선생님의 정보를 뒤진 걸 알게 하면 안 되니까 저항하기 전에 백일몽 상태로 만들 필요가 있어."

그리고 진지한 표정으로 말했다. 상대방에게 들키지 않고 백일몽 상태에 빠뜨릴 수만 있으면 환술이 풀려도 리오 일행과 접촉한 기억이 명확하게 남지 않을 것이다.

일단 리오도 백일몽 상태로 만드는 환술을 걸 수는 있지만, 문을 열고 대상에게 접근하는 시간을 생각하면 아이시아에게 맡기는 편이 더 확실했다.

"걱정 마, 나한테 맡겨."

아이시아는 조금도 불안하지 않은지 바로 단언했다.

"······그래. 아이시아라면 걱정할 필요 없어? 맡길게."

리오는 쓴웃음을 짓고 안심하며 아이시아를 배웅했다.

"응."

아이시아는 고개를 끄덕이고 빛 입자로 변해 영체화했다. 그리고 잠시 후—.

「하루토, 안으로 들어와.」

리오의 머릿속에 아이시아의 목소리가 울렸다.

그 직후, 리오는 노크도 하지 않고 문을 열어 방으로 들어갔다. 실내에는 한 장년 남성이 집무의자에 앉아 있었다. 아이시아가 곁에 서서 남자의 머리에 손을 대고 있었다.

"왔습니까?"

남자 연구자가 리오가 들어온 것을 알아차리고 친한 친구라도 온 것처럼 말을 걸었다. 하지만 초점이 또렷하지 않고 멍했다.

「중요한 일과 관련된 손님이 왔다고 생각할 거야. 응답할 수 있으니까 묻고 싶은 걸 질문해. 대답할 수 있는 범위 내에서 대답할 거야.」

염화로 설명해준 아이시아에게 리오는 짤막하게 감사를 표했다.

"세리아 크렐 강사에게 볼 일이 있는데 어디 있습니까?"

리오는 눈앞에 앉은 남자에게 질문하기 시작했다.

"세리아 양이라면 왕성에 있지 않겠습니까?"

남자 연구자가 평범하게 대답했다.

"왕성? 왜 그곳에?"

"하하하, 아르보 공작파가 실권을 쥐게 됐다고는 하나 국내 정세가 불안정하니까요. 결혼식을 앞두고 유그노 공작파의 움직임을 경계하려는 거겠죠."

"……결혼? 누가요?"

리오는 자기도 모르게 귀를 의심했다.

"물론 세리아 양이죠. 결혼 상대는 아르보 공작가의 샤를 님입니다."

남자 연구자는 있는 그대로의 사실을 말했다.

"샤를?! 그 샤를 아르보와 세리아 선생님이?"

경악한 리오는 자기도 모르게 소리를 높였다.

당연했다. 샤를 아르보는 예전에 제2왕녀인 플로라 유괴 사건으로 리오에게 고문 섞인 취조를 강행한 인물이다. 샤를을 향한 리오의 심정은 물론 좋지 않았다.

"전형적인 정략결혼이죠. 세리아 양의 본가는 폰테인 공작파……라기보다는 국왕파 필두귀족으로 유명하니까요. 유그노 공작파가 왕도에서 패주한 지금, 아르보 공작가가 기세를 떨치기에 알맞은 결혼 상대죠. 그리고 같은 연구자로서는 분하지만, 세리아 양은 천재이니 본인의 이용가치도 높고요."

놀란 리오에게 남자 연구자가 자신이 아는 정보를 자세히 설명했다.

"세리아 선생님은…… 아니, 크렐 백작가도 정략결혼을 바랐습니까?"

"글쎄요. 하지만 지금 국내 정세를 보면 아르보 공작파의 요구를 거절하는 건 그리 좋지 않습니다. 승리한 쪽에 붙는 식으로, 크렐 백작가에게 메리트가 크다고 생각합니다."

"……그렇군요. 하지만 왜 왕성에 머무는지 이해가 안 되네요. 유그노 공작파의 움직임을 경계하는 이유는 뭘까요?"

리오는 심호흡하듯이 숨을 내쉬었다. 겉으로 흐트러진 태도를 진정시키고 그 외에 신경 쓰이는 의문을 입에 담았다.

"현재, 잠복한 유그노 공작파는 우리나라에서 반란분자로 취급받고 있습니다. 그 세력을 얕볼 수 없고, 아르보 공작가와 크렐 백작가 사이에 인연이 생기면 유그노 공작파에 좋지 않을 테니 세리아 양을 노릴 위험성이 있다고 생각하는 거 아닐까요? 실제로 그런 명목으로 성으로 데려갔으니까요."

"그렇군요. 그런 사정이……. 확실히 성이라면 경비하기도 쉬울 테니까요……."

리오는 얼굴을 찌푸렸다.

'내가 나라를 떠난 뒤에도 여러모로 정치적인 분쟁이 일어난 모양이군. 그리고 세리아 선생님이 그 영향으로 피해를 보고 있다는 거군.'

불가항력이라고는 하지만, 세리아가 궁지에 몰린 것을 몰랐던 자신이 부끄러웠다.

"……결혼식은 분명 내일이었죠?"

"네. 대대적으로 퍼레이드를 한다는 모양입니다."

남자 연구자가 그렇다고 고개를 끄덕였다.

"다른 이야기인데, 국왕과 유그노 공작파가 권세를 잃는 계기가 된 프로키시아 제국과의 분쟁에 관해 자세히 말씀해주실 수 있겠습니까?"

리오는 숨을 들이마시며 애써 마음을 가라앉히고 새로운 질문을 꺼냈다. 세리아의 결혼이 국내 정세의 변화에 기인한 것이 틀림없으니 좀 더 정확하게 국내 정세를 파악할 필요가 있다고 생각했다.

"음— 저도 정치에 그다지 관심이 없어서 전해들은 이야기밖에 못해드려요."

"괜찮습니다."

"문제가 된 분쟁이 일어난 것은 거의 반년 전입니다."

리오가 고개를 끄덕이자 남자 연구자가 국내 귀족 사이에 일반적으로 알려진 이야기를 하기 시작했다.

프로키시아 제국은 벨트람 왕국의 북쪽에 있는 거대한 군사국가다. 일찍이 용병이었던 초대이자 현 황제인 니들 프로키시아가 40년쯤 전에 어느 소국의 왕을 죽이고 건국한 이후, 군웅할거의 땅이었던 북쪽의 소국가들을 차례로 병합해 급속도로 발전한 젊은 나라이기도 하다. 그러한 건국 경위 때문에 인근 여러 나라에서 필연적으로 강하게 경계했고, 국경을 접한 벨트람 왕국과 가르아크 왕국을 포함해, 건국 당초부터 각국과 빈번하게 충돌한 역사가 있다.

그래도 십 수 년 전에 벨트람 왕국과 가르아크 왕국이 주도해 여러 나라와 대(對) 프로키시아 제국 군사동맹을 체결한 이후로는 적어도 동맹 각국과 프로키시아 제국 사이의 긴장 관계는 교착 상태에 돌입했다. 그러나―.

"국왕 폐하와 유그노 공작파가 오랜 세월 주도해온 보수적인 대 프로키시아 제국 노선이 화근이 됐는지 프로키시아 제국이 우리나라의 요충지 중 한 곳에 대담한 침략전을 자행했습니다. 우리나라 군은 깔끔하게 요충지를 **빼앗기**고 패퇴했다고 합니다."

그렇다. 이 침략전으로 벨트람 왕국과 프로키시아 제국의 긴장 관계는 크게 바뀌었다.

"패퇴한 자세한 경위와 원인은 모르지만, 프로키시아 제국이 가진 익룡기사단이 아주 강하다는 소문이 있는데 아마도 그걸 대대적으로 투입한 모양이에요. ……뭐 그건 그쯤하고, 바로 그때 아르보 공작이 등장합니다. 국왕 폐하와 유그노 공작에게 요충지를 **빼앗긴** 책임을 거세게 추궁하고 이후의 대 프로키시아 제국과의 교섭 역할을 자처하더니 상당히 잘 처신해서 교섭했다고 합니다."

연구자이자 학원 강사이기도 해서 그런지 남자는 순서에 맞춰 능숙하게 설명했고 덕분에 이해가 잘 됐다.

"구체적으로 어떤 대화가 오갔는지는 모릅니다만, 아르보 공작 덕분에 우리나라는 프로키시아 제국과 화평을 맺었습니다. 그 공적 덕분에 아르보 공작의 발언권과 영향력이 갑자기 세졌죠. 책임 추궁이라는 대의명분을 걸고 궁정 귀족 대부분을 아군으로 만들고 유그노 공작파를 무력행사로 숙청. 그 기세를 살려 폐하를 탄핵해 실권을 부분적으로 빼앗았다고 합니다."

"국왕 폐하를 탄핵하다니, 정말 대담한 짓을 했군요……."

"그만큼 폐하도 입장이 약했습니다. 선왕이 돌아가신 뒤로 궁정 내의 파벌싸움의 피해를 입었으니까요."

남자 연구자는 남의 일처럼 말하고 탄식했다. 귀족사회에 관한 최소한의 지식은 상식으로서 갖추고 있었지만, 아무래도 정치에 정말 관심이 없는 모양이었다.

"다른 이야기인데, 최근 들어 소환됐다는 용사의 이름을 아십니까?"

언제 누가 이 연구실에 올지 몰랐다. 너무 오래 이야기할 시간이 없어서 리오는 묻고 싶은 사항을 빠르게 닥치는 대로 질문하기로 했다.

"아, 뭐라고 했더라. 분명…… 루이. 맞아, 루이 시게쿠라 님이라고 했어요."

"루이 시게쿠라요? 그렇군요, 고맙습니다."

일본인 이름처럼 들렸지만, 미하루 일행이 찾는 사람은 아니었다. 그 뒤에도 리오는 몇 가지 묻고 싶은 것을 확인했다.

"그럼 실례했습니다."

그런 말을 남기고 리오는 연구실을 뒤로 했다.

"아뇨, 별말씀을요."

남자 연구자는 싹싹하게 고개를 젓고 리오와 아이시아를 배웅했다. 앞으로 환술이 풀리고 점점 의식이 돌아올 테지만, 깜빡 졸았다고 착각할 것이다.

"어떡할래?"

방을 나오자 아이시아가 리오에게 물었다.

"……선생님이 결혼하게 된 경위에 관한 정보가 불충분하지만, 시간이 없어. 결혼식 전에 세리아 선생님을 만나고 싶으니까 바로 성에 잠입할 생각이야."

구체적인 경위는 세리아의 입으로 직접 듣게 되리라.

"그럼 나도 도울게. 세리아가 성 어디에 있는지 확인할게."

"고마워. 왕성은 이 학원 옆에 있어. 부지 안에 들어가는 건 그렇게 어렵지 않을 건데……."

문제는 세리아가 어디에 있을지 전혀 모른다는 점이었다. 왕성은 넓고 리오는 그 구조를 전혀 모른다고 해도 될 정도였고, 방도 많았다.

'일단 왕성 외부에 무슨 결계가 쳐져있는 것 같지는 않지만, 문제는 내부, 특히 왕성 안이야…….'

리오는 어떻게 성 내부를 수색할지 고민했다. 난이도가 높은 바람의 정령술 중 모습을 사라지게 하는 기술이 있는데, 걷는 정도로 이동해야 술이 유지되고, 잠입하는 곳에 마력을 탐지하는 수단이 있을 경우 발각될 우려가 있어서 방심할 수 없었다. 억지로 잠입해서 소동이 일어나도 도망칠 수는 있지만, 그렇게 되면 경계가 더 엄중해져서 세리아가 있는 곳으로 숨어들기가 더 힘들어질 터였다.

"내가 영체화해서 혼자서 성을 조사하는 게 들킬 위험이 적어."

그러자 아이시아가 툭 말했다.

"……성 안, 특히 사람의 출입이 제한된 구역에는 수상한 마력을 탐지하는 무언가를 갖춰놨을지도 몰라. 정령 고유의 기척은 제쳐놓고, 영체화한 정령은 오드와 마나덩어리인데 괜찮겠어?"

리오는 확인하듯이 물었다. 학원에 잠입할 때도 고려한 리스크지만, 이번에는 더 엄중한 경비를 갖췄을 왕성에 잠입해야 했기 때문이었다.

"문제없어. 마력탐지 결계는 내가 먼저 탐지할 수 있어. 그리고 슈트랄 지방 인간족은 보통 마력을 인식할 수 없으니까 정령의 기척도 아마 문제없을 거야. 이 주변은 정령의 기척이 느껴지지 않아. 내가 느낄 수 있는 범위에서 그렇다는 거지만."

아이시아는 아무 걱정 없이 고개를 끄덕였다. 허용 범위 내의 리스크였다.

"슈트랄 지방에는 야생 정령이 거의 없다고 드뤼어스 님도 말씀하셨고."

"애당초 정령은 대부분 겁쟁이라서 인가를 좋아하지 않아. 정령과 공존하는 정령의 주민이 극히 예외일 뿐……이라고 드뤼어스가 말했어."

"그래……. 그럼 아이시아에게 맡겨도 될까?"

리오는 미안해하며 부탁했다. 아이시아에게 계속 부탁해서 미안했지만, 지금은 조금이라도 효율을 중시하고 싶었다.

"응."

리오의 부탁에 아이시아는 흔쾌히 고개를 끄덕였다.

"고마워. 그럼 바로 왕성으로 갈까?"

리오는 깊은 감사를 표하고 빠르게 도서관탑 밖으로 걸어 나갔다.

정령환상기

◄ 막간 ► ❋ 세리아의 우울

리오와 아이시아가 왕립학원에 잠입하기 조금 전.

왕성 부지 내에 있는 영빈관의 별채로 쓰는 별관 식당에 세리아는 친아버지 로랑 크렐, 그리고 약혼자 샤를 아르보와 함께 저녁식사를 하고 있었다.

"……오랜만이구나, 세리아. 바로 내일이 결혼식인데 얼굴을 자주 못 비춰서 정말 미안하구나."

로랑이 쓰디쓴 표정으로 마주 앉은 딸 세리아에게 사과했다. 그 시선은 간만에 갖게 된 부녀만의 공간을 흙발로 짓밟듯이 동석한 샤를 아르보와 호위라는 명목으로 서 있는 실내의 기사들을 향했다.

"어쩔 수 없지요. 아버님도 공무로 바쁘실 테니까요. 저는 이렇게 뵌 것만으로도 기쁩니다."

세리아는 자애로운 미소를 지으며 천천히 고개를 저었다.

"무리도 아니지요, **장인어른**. 시기가 시기인지라 바쁘실 겁니다. 저도 식을 코앞에 두고도 사랑스러운 세리아와 좀처럼 만나지 못했으니 말입니다."

세리아 옆에 앉은 샤를이 피곤하다는 식으로 말했다.

로랑은 관자놀이를 움찔했다.

"……유그노 공작파가 왕도를 떠나고 국내 정세가 어수선한 지금, 억지로 결혼식을 거행해서 자네들에게 피로가

쌓이지는 않을까, 나로서는 몹시 걱정일세."

그리고 상냥하게 미소 지으며 자못 두 사람을 걱정하듯이 말했다.

"아뇨, 아닙니다. 그 놈들이 꼬리를 말고 도망친 지금이야말로 식을 올리는 의미가 있는 겁니다. 말씀드렸지 않습니까? 아르보 공작가인 저와 크렐 백작가의 세리아가 결혼함으로써 벨트람 왕국의 권세가 굳건함을 국내외에 과시할 수 있습니다."

"그것은 나도 이해하지만…… 걱정하고 마는 것이 부모 마음이네."

로랑은 안타까움을 억누르고 고개를 끄덕였다.

"자식은 성장하기 마련입니다. 세리아도 잘 이해할 테니 안심하시죠."

샤를이 훗 웃으며 말하고 세리아를 봤다.

"……네, 알고 있습니다."

세리아가 다기차게 고개를 끄덕였다.

"그래……."

그러자 로랑은 탄식하며 대답했다.

"그리고 유그노 공작파가 성석 하나를 가지고 갔으니 놈들도 용사님을 데리고 있을 겁니다. 녀석들이 용사님을 이용해서 자신의 정당성을 주장할 것이 뻔합니다. 이 결혼식은 유그노 공작파에 대한 견제도 겸했습니다. 그 때문에라도 우리 결혼식은 용사 루이 시게쿠라 님께 정식으로 축복

받을 예정입니다."

샤를은 얼굴을 찌푸리고 지긋지긋하다는 듯이 유그노 공작파 이야기를 하다가 뒷말을 하면서는 의기양양하게 비웃었다.

"하지만 도시를 퍼레이드 행진하며 대대적으로 식을 올리면…… 유그노 공작파의 개입에 대비해 정말로 완벽하게 경비를 갖췄겠지?"

로랑은 그렇게 말하고 걱정스럽게 세리아를 봤다.

"빈틈없습니다. 신설된 정예기사단이 우리를 경호할 겁니다. 폐하의 지시로 근위기사단도 경비에 붙을 예정입니다."

샤를이 자랑스럽게 경호 전력을 설명했다.

"……과연, 만반의 준비를 갖췄군."

"그밖에도 마도사단과 공전기사단이 경호를 맡습니다. 모두 우리나라 정예입니다. 당일의 경호를 보고도 무슨 짓을 한다면 그것은 자살행위에 지나지 않습니다. 목숨 아까운 줄 모르는 어리석은 자나 무슨 짓을 벌이겠죠. 섣부른 생각도 못하게 하겠습니다."

"그래……"

로랑은 시선을 떨구고 고개를 떨어뜨리듯이 끄덕였다.

샤를은 그런 로랑을 보고 득의양양하게 웃으며 의젓하게 말했다.

"뭐, 장인어른은 어깨의 짐을 내려놓으시고 식은 제게 맡기십시오."

"……나는 이번 결혼식 진행에 일절 관여하지 않으니 어깨의 짐을 내리고 뭐고. 아르보 공작가라기보다는 자네에게 기대고 있지."

로랑은 자못 미안한 듯이 쓴웃음을 지으며 말했다.

"그거면 됩니다. 이미 크렐 백작가는 아르보 공작가의 가족이니까요. 제게 기대주시면 세리아와 함께 얼마든지 돌봐드리지요."

"나도 아직 젊네. 자네에게 신세만 질 수는 없어……."

"물론 장인어른, 아니 유능한 크렐 백작께서는 결혼식 이후, 여러모로 해주실 일이 있으니 안심하시죠."

"그래. 정진하도록 하지."

"네, 꼭 부탁드립니다. 오히려 결혼식 뒤에 더 바빠지실 겁니다. 한 가지 걸리는 점이 있습니다만…… 지금은 편히 쉬십시오."

샤를은 묘하게 뼈 있는 말을 했다.

"……걸리는 점이라니?"

로랑은 샤를의 태도를 살피며 물었다. 묻지 않는 것도 하나의 선택지였지만, 그의 감이 묻지 않으면 나중에 귀찮아질 것 같다고 말하고 있었다.

"예전부터 궁정에 흐르는 묘한 소문 말입니다. 당신을 포함한 폰테인 공작파 일부 귀족이 배반한 유그노 공작파와 몰래 내통하고 있는 것 아니냐는군요. 예상대로 저와 세리아의 결혼으로 다소 가라앉았습니다만, 아직 뿌리 깊은 소문을 소근거리는 사람도 있어서 난감합니다."

샤를이 그렇게 말하고 연기하듯이 고개를 저었다.

'사전교섭을 통해 협박으로 이 혼약을 성립시킨 놈이 뻔뻔스럽게 잘도 말하는구나.'

로랑은 눈썹을 찌푸릴 뻔 했지만, 훌륭한 담력으로 참았다.

"……그 건에 관해서는 실로 통탄스럽게 생각하네. 궁정 책무를 방치한 것과 다름없는 배반자들과 내통하는 것은 나라를 배신하는 것과 같으니. 정말 유감스럽네."

그리고 쓴웃음을 지으며 받아넘겼다. 여기서 이성을 잃으면 남 좋은 일만 하게 된다. 한편, 안색이 나빠진 세리아는 마주 앉은 로랑의 얼굴을 경직된 것처럼 쳐다봤다.

'그런 표정을 지으면 안 돼, 세리아. ……아니, 내 잘못으로 네게 그런 표정을 짓게 만들었구나. 정말 미안하다.'

로랑은 아주 잠깐 세리아와 눈을 마주치고 포커페이스를 유지하면서도 스스로를 부끄럽게 여겨 마음속으로 사과했다.

"그 말씀이 맞습니다. 우리 아르보 공작가와 이어진 이후로도 크렐 백작가 주위에 그런 소문이 계속되면 안 된다고 몰래 걱정했습니다만, 장인어른께서 그렇게 생각하신다면 제 기우에 지나지 않겠죠. 어차피 소문은 소문. 앞으로의 행동과 태도에 따라 얼마든지 신뢰를 얻을 수 있을 겁니다."

샤를이 야단스럽게 고개를 끄덕이고 기분 좋게 말했다.

"그렇다면 다행이네만……."

로랑은 샤를이 어떻게 나올지 헤아리듯이 맞장구를 쳤다.

"간단합니다. 장인어른은 앞으로 지금까지 사귄 가까운 동파 귀족과 친분을 유지하며 적절한 선을 그어주십시오. 당분간은 그들 사이에 불온한 움직임이 없는지 찾아주시면 됩니다."

샤를은 마치 기정사항이라는 듯이 말했다. 요컨대 아르보 공작가의 지휘감독 하에 움직이는 스파이가 되라는 것이었다.

'예상한 요구로군.'

로랑은 그렇게 생각하며 말했다.

"……과분한 대임이지만, 알겠네. 해보겠네."

그리고 깊이 고개를 끄덕였다.

"기대하겠습니다. 실적을 쌓으면 저도 장인어른께 활약하실 기회를 얼마든지 드릴 수 있으니까요. 장인어른은 총명하시니 신용을 쌓기 위해 무엇을 해야 하는지, 제가 말씀드릴 필요도 없겠지요?"

샤를은 눈을 가늘게 뜨고 로랑에게 물었다.

"그래, 앞으로 행동거지를 충분히 신경 쓰겠네."

이중 스파이로 의심받지 않게 말이지. 로랑은 마음속으로 덧붙이며 고개를 끄덕였다.

"기쁘기 그지없습니다. 그러시면 앞으로도 크렐 백작가의 안위가 이어질 것입니다. 제 아내가 되어, 이제는 우리

나라를 대표할 천재 마도사 세리아의 장래도 함께 말이죠."

샤를은 연기 같은 말투로 말하고 세리아에게 웃어 보였다.

"……잘 부탁드리겠습니다, 샤를 님. 아버님과 함께, 정진하겠습니다."

세리아는 있는 힘껏 미소를 짓고 샤를에게 머리를 숙였다.

"나야말로. 앞으로 자네의 성과가 그대로 남편인 내 성과가 될 테니 말이야."

"네."

"좋은 대답이다. 내일부터 시작될 생활이 무척 기대돼. 그래, 맞아. 내일부터 시작될 생활이라고 하니 아직 내 아내들과 진득하게 얼굴을 마주할 기회가 없었지?"

샤를은 만족스럽게 고개를 끄덕이고 막 생각났다는 듯이 말을 꺼냈다.

"네, 따로 만난 분도 계시긴 합니다만……."

"정식으로 혼약이 정해진 뒤로 자네는 계속 이곳에 틀어박혀 있었으니 당연하지. 내일 식 전에 잠깐 대화할 시간을 만들지. 앞으로 함께 살게 될 테니 사이좋게 지내줘. 아내들도 자네와 사이좋게 지내고 싶어 해."

"알겠습니다. 기대되네요."

세리아는 억지로 웃으며 대답했다. 그 뒤에도 세리아 일행은 편치 못한 환담을 이었다.

정령환상기

【 제 4 장 】 ✵ 세리아와의 재회

리오와 아이시아가 왕립학원을 나오고 약 한 시간 뒤.

리오는 홀로 성의 상공을 부유하고 있었다. 검은 외투를 입은 그 모습은 완벽하게 밤하늘에 녹아내려 지상에서 인식하는 것은 극히 불가능에 가까웠다.

'잠입한지 꽤 시간이 흘렀는데, 아이시아가 정말 선생님의 얼굴을 아나?'

리오는 눈 아래에 솟은 거대한 왕성을 내려다보며 생각했다.

아이시아는 오랫동안 리오 안에 잠들어 있었던지라 원래라면 세리아와 만난 적이 없을 텐데, 어찌된 일인지 세리아의 얼굴을 아는 모양이었다.

계약정령은 계약자와 영적으로 이어진 영향으로 **계약자의 기억을 읽을 수 있기** 때문이라고 한다. 그렇다면 아이시아가 만난 적 없는 세리아의 얼굴을 알 거나, 일본어를 말하거나, 체술 스킬이 리오와 닮은 이유도 설명이 됐다.

하지만 성 안에 홀로 들어가 한동안 시간이 지나니 정말 괜찮을지 조금 불안해졌다. 딱히 할 일도 없어서 이것저것 생각하고 있는데—

「하루토, 세리아를 찾았어.」

아이시아의 염화가 들렸다.

「정말?」

「응, 장소는 정문에서 왼쪽 안쪽에 있는 큰 건물. 아마 영빈관. 별채 중 하나가 통째로 세리아 거야. 마침 저녁식사가 끝나서 자기 방으로 돌아가는 것 같아.」

「……알았어. 어디로 선생님의 방에 들어갈 수 있을까?」

「건물 안에 경비병이 상당히 많고 세리아의 방 앞에는 경비 서는 기사가 있으니까 테라스로 들어오는 게 좋겠어. 영체화한 채로 내가 안내할게.」

「고마워. 그럼 일단 영빈관 위로 이동할게.」

리오는 아이시아의 지시에 따라 부드럽게 낙하하며 영빈관 위로 다가갔다. 중간에 성 안을 내려다보니, 역시 왕성답게 경비가 몹시 삼엄했다. 상공에서 내려다보니 경비병이 모든 곳을 배회하는 것 같았다. 하지만 하늘을 나는 리오는 수십 초도 걸리지 않아 영빈관 상공에 도착했다.

영빈관은 왕성에서 떨어진 별개의 건축물로, 완강한 돌다리로 연결된 왕성을 경유하지 않으면 출입할 수 없게 만들어져 있었다.

결혼식이 내일로 다가와서 그런지 미리 영빈관에 머무는 손님도 많아서 경비병 수가 왕성 부근보다 더 많았다.

「세리아는 호수로 둘러싸인 작은 섬에 있는 별채에 있어. 제일 왕성에 가까운 건물.」

아이시아의 염화가 리오의 머릿속에 울렸다.

「알았어. 그쪽이란 말이지.」

리오는 바로 어떤 건물인지 찾아냈다.

영빈관 본관에서 세리아가 머무는 별채로 가려면 전용 다리를 건너야 하지만, 정령술로 하늘을 나는 리오는 다리를 건널 필요가 없었다.

「현관 앞에도 경비병이 몇 명 있으니까 일단 지붕으로 내려가.」

「알았어.」

리오는 대답하고 별채 지붕에 착지했다.

「세리아가 있는 곳은 2층. 왕성 쪽 구석 방.」

「……여기?」

「맞아, 거기 바로 아래가 세리아의 방. 방 밖에는 경비 서는 기사가 있지만, 실내에는 세리아뿐. 테라스로 들어가는 게 제일 무난해.」

아이시아가 염화로 지시했다.

「알았어. 그럼 테라스로 내려갈게.」

「응. 창문 잠금장치는 내가 열게.」

리오는 작게 심호흡을 하고 눈 아래에 있는 테라스로 내려갔다. 그러자 달칵하고 잠금장치가 열리는 소리가 나며 방 창문이 열렸다. 실내에는 실체화한 아이시아가 서 있었다.

「여기는…… 침실인가. 세리아 선생님은?」

「저 문 너머는 아틀리에야. 세리아는 저쪽.」

아이시아가 슥 손가락을 들어 실내에 여러 개 있는 문 중 하나를 가리켰다.

「알았어. 갔다 올게.」

「나는 영체화해서 망을 보다가 사람이 오면 알려줄게.」

「응. 하나에서 열까지 전부 고마워, 아이시아.」

「아니야.」

리오가 고맙다고 하자 아이시아는 고개를 젓고 다시 영체화하여 빛 입자가 되어 흩어졌다. 리오는 세리아의 아틀리에가 된 방 앞으로 걸어가 멈춰 섰다.

'노크는…… 안 하는 게 낫나.'

매너에 어긋나지만, 잠입 중에 신경 쓸 게 못 됐다.

리오는 살며시 문을 열었다.

◇ ◇ ◇

세리아는 로랑과 샤를과의 저녁식사를 마치고 둘을 배웅한 뒤, 곧바로 자기 방으로 돌아왔다. 이 넓은 저택 중, 자신의 방만이 세리아의 프라이버시를 충분히 확보한 곳이었다.

'오랜만에 아버님과 만났는데 부녀간의 대화는 한 마디도 못했어…….'

세리아는 얼굴에 그림자를 드리우고 혼자만의 공간에서 생각에 잠겼다.

'하지만 아버님이 무사한 걸 확인할 수 있어서 다행이었어. 최악의 사태는 피한 것 같아.'

세리아의 결혼이 정해지기 전부터 로랑 크렐에게는 유그노 공작이 제2왕녀 플로라를 왕도에서 데리고 나가는 것을 방조한 혐의를 은근히 받고 있어서, 크렐 백작가도 위험한 처지에 놓여 있었다.

그 의심을 지우기 위해 딸인 세리아가 인신공양으로 샤를과 결혼하게 됐다. 이렇게 만남을 허락받은 것은 로랑의 처지가 나아졌다는 뜻이리라. 세리아는 그렇게 생각했다.

'본가의 입장을 회복시킨다는 내 역할은 다한 거겠지? 이제는 내가 인질로 한평생 저 남자의 것이 되는 것뿐. 그거면 됐어. 그래, 그거면 된 거야.'

세리아는 입술을 깨물고 자기 자신에게 말하듯이 생각했다. 양가가 혼담을 무를 수 없게 되자 이제는 샤를과 그 배후에 있는 아르보 공작도 크렐 백작가를 함부로 할 수 없게 됐다. 이제는 세리아가 샤를 아르보의 순종한 인형이 되면 됐다. 그뿐이었다. 이미 그럴 각오가 됐다.

'……하지만, 하지만, 마지막으로, 결혼 전에, 리오를 만나고 싶었어.'

세리아는 강하게 생각하고 이끌리듯이 작업 책상 위를 쳐다봤다. 그곳에는 연구 자료에 섞인 한통의 편지가 있었다. 몇 개월 전에 리오에게 받은 편지였다.

세리아는 그 편지를 들어 소중히 품에 안았다. 이러고 있으면 리오가 가까이에 있는 것 같았다. 그리고 조심스레 봉투를 열어 편지를 읽었다.

몇 번이나 읽었을까. 무난한 내용의 편지였지만, 리오의 글씨라고 생각하니 그것만으로도 괜히 사랑스러웠다.

세리아가 이 편지를 받은 것은 아직 아슬아슬하게 학원 연구실에 있었을 적이었다. 그래서 검열을 받지 않고 이렇게 연구 자료와 함께 이곳으로 가져올 수 있었다. 실은 4년 전에 받은 편지도 소중히 보관하다가 같이 가져왔다.

하지만 요즘, 편지에 적힌 문장을 보고 있으면 리오가 점점 머릿속에서 사라져갔다. 세리아는 그런 자신을 깨달았다.

'아마, 나는 리오를 좋아했던 걸 거야. 그 시절에 깨달았으면 좋았을 텐데…….'

그랬더라면 그때, 더 멋진 시간을 보냈을지도 모른다. 이 마음을 솔직하게 전했을지도 모른다. 자꾸만 그런 생각이 떠올라서 세리아는 매번 울어버릴 뻔했다.

하지만 모든 것은 지나간 일이었다. 내일이 되면 다른 남자와 결혼하는데, 계속 미련스럽게 첫사랑에게 받은 편지를 보관해서는 안 되는지도 모른다.

'하지만 이제 만나지 않는 편이 좋을지도 모르겠어. 괜히 괴롭기만 하니까 이것도 그만 처분해야…….'

세리아는 울 것 같은 표정으로 생각했다. 처분은 간단하다. 편지를 찢고 불태우기만 하면 된다. 그렇게 생각하고 세리아가 빤히 편지를 보고 있는데, 조용한 실내에 달칵하고 유일한 문이 열리는 소리가 들렸다.

"누, 누구야?!"

세리아는 몸을 움찔했다. 누구냐고 물으며 황급히 편지를 책상 위에 있는 연구 자료에 섞고 문으로 시선을 옮겼다.

그곳에는 회색 머리카락에 검은 외투를 걸친 10대 중반의 소년이 서 있었다.

"누, 누구야?!"

리오가 세리아의 아틀리에 문을 천천히 열자 곧장 세리아의 목소리가 들려왔다. 실내는 마도구 빛으로 부드럽게 빛났다. 리오는 책상 위에 세리아가 서둘러 무언가를 두는 것을 눈에 담았다.

"쉿, 저예요. 세리아 선생님."

그리고 검지를 세워 쉿 하고 세리아를 불렀다.

"……선생님이라니, 그렇게 부르는 걸 보니 당신, 학원 학생? 어떻게 여기까지 왔어? 경비 서는 기사가 여러 명 있었을 텐데?"

세리아는 천천히 뒷걸음질 치며 경계하는 마음을 담아 질문했다.

'이런 아이가 있었나? 타국의 간첩인가?'

그리고 의아한 듯이 리오의 얼굴을 보며 그런 의문을 가졌다.

날렵한 체격에 선이 가늘었지만, 탄탄함이 엿보였다. 외모는 중성적이고 무척 아름다웠으며 부드러운 눈을 가졌다.

하지만 수상했다. 얼굴을 숨기지 않았지만, 아무리 봐도 정식 절차를 밟고 이 자리에 있을 사람의 모습이 아니었다. 그래서 세리아는 가장 먼저 눈앞에 있는 인물이 간첩이 아닐까 하고 의심했다. 실제로 간첩은 보통 잘생긴 남녀로 골랐다.

"저는 학원 학생이었습니다. 여기까지 온 방법을 설명하면 오래 걸려서 생략하겠습니다만, 경호 기사는 제대로 방 밖에서 경비하고 있으니 안심하세요."

리오는 예의바르게 반쯤 즐거워하며 세리아의 질문에 대답했다.

"……학원 학생이었다고?"

세리아의 의문이 더 커졌다. 왠지 어디선가 들어본 것 같은 목소리였다.

"저예요, 리오예요. 만나러 가겠다고 편지에 썼잖아요?"

리오는 그렇게 말하고 피식 웃었다.

"……어?"

그러자 세리아가 눈을 크게 뜨고 몸을 굳혔다.

"오랜만이에요, 세리아 선생님."

리오는 그렇게 말하며 목걸이를 벗어 머리카락 색을 회색에서 검은색으로 되돌렸다. 그러자 세리아는 눈을 깜빡이다가 리오의 얼굴을 응시했다.

"아…… 어? 리…… 리오?"

그리고 몹시 동요한 것처럼 리오의 이름을 중얼거렸다.

확실히 옛날 생김새가 남아 있었다. 머리카락 색이 검게 변하니 강하게 실감이 들었다. 목소리를 듣고 위화감을 느끼는 게 당연했다. 변성기를 거쳤어도 그는 리오였으니까.

"……선생님? 너무 놀라게 했나요?"

리오가 난처한 얼굴로 고개를 갸웃거리며 동요하는 세리아의 얼굴을 바라봤다. 그러자 세리아가 갑자기 눈물을 글썽거렸다.

"리오, 야?"

그래도 필사적으로 눈물을 참고 떨리는 목소리로 물었다.

"네, 약속대로 돌아왔어요. 4년만이네요. 앗…….."

리오는 따뜻하게 미소 지으며 고개를 끄덕였다. 그러자 갑자기 세리아가 리오의 품에 뛰어들었다. 리오는 세리아의 몸을 부드럽게 받아들였다.

"리오, 리오야. 리오인 거지?!"

세리아는 리오의 품에서 얼굴을 들고 매달리듯이 물었다.

왜 리오가 이 방에 있는지, 지금은 아무래도 좋았다. 그보다 눈앞에 있는 사람이 정말 리오인지, 자신이 만들어낸 환상이 아닌지, 그것이 중요했다.

"네, 맞아요."

리오는 부드럽게 고개를 끄덕였다.

"……응, 따뜻해. 리오의 냄새가 나. ……꿈이 아닌 거지?"

세리아는 리오의 몸을 매만지고 가슴에 얼굴을 묻더니 불안해하며 물었다.

"네, 꿈이 아니에요. 저예요, 살아 있어요. 만나고 싶었어요, 선생님."

리오는 쭈뼛쭈뼛 세리아의 등을 감싸고 고개를 끄덕였다.

"나도 만나고 싶었어, 만나고 싶었어, 계속 만나고 싶었어. 잠깐 못 본 사이에 이렇게 훌륭하게 성장하다니……."

세리아는 기쁜지 리오의 얼굴을 올려다보고 눈물을 글썽거렸다.

"저도요. 그런데 선생님은 옛날과 그다지 바뀌지 않았네요."

리오는 세리아를 내려다보며 짓궂게 웃었다.

세리아는 순간 멍한 표정을 지었다.

"응? 무, 무슨 말을 하는 거야, 정말. 네가 너무 큰 거잖아? 나도 조금은 여성스러워졌다고!"

그리고 뺨을 부풀리며 반쯤 뜬 눈으로 리오를 노려봤다.

"네, 아름다워졌어요."

리오는 기뻐하며 고개를 끄덕였다.

"읏……?! 너, 또 그런 말을, 하고……."

세리아는 새빨개진 얼굴을 리오의 가슴에 묻었다. 그리고 잠시 후, 부끄러움을 얼버무리듯 말없이 리오의 가슴을 투닥투닥 때렸다.

"정말이에요. 선생님은 옛날과 변함없지만 아름다워졌어요."

리오는 진지한 말투로 부드럽게 말했다.

"윽……. 그렇게 말한다면, 리오도 멋있어졌어. 씩씩하고, 키도 크고, 늠름하고, 포용력 있고, 그리고, 음……."

세리아가 보복하려는지 리오의 얼굴을 올려다보며 그런 말을 하기 시작했다.

"으으~."

하지만 점점 부끄러워졌는지 다시 뺨을 붉히고 가냘프게 끙끙거렸다. 세리아는 다시 리오의 가슴에 얼굴을 묻고 옷을 꼭 잡았다. 밀착한 탓인지 두근, 두근, 리오의 심장 박동이 잘 들렸다. 따뜻하고 힘차고 어쩐지 무척 편안했다. 세리아는 계속 이렇게 있고 싶었다.

"음, 고맙습니다."

리오는 부끄러워하며 고맙다고 했다. 그러자 시간을 잊은 듯이 리오에게 안겨있던 세리아가 이성을 되찾고 몸을 움찔했다.

"앗, 응. 무, 무사히 재회해서 정말 다행이야. 잘 돌아왔다는, 그런 뜻이야!"

그리고 조금 상기된 목소리로 말했다.

리오는 기쁜지 "네" 하고 고개를 끄덕였다. 하지만 곧 어두운 표정을 지었다.

"……들었어요. 선생님, 결혼하시는군요."

그리고 순간 말을 맺지 못하다가 조금 어렵게 말을 꺼냈다.

"아…… 응. 맞아."

순간, 세리아의 눈동자가 슬프게 떨렸다. 하지만 그리고 나서 한껏 미소를 만들어 짓고 고개를 끄덕였다. 리오는 그런 세리아를 보고 한 걸음 다가갔다.

"결혼 상대는 그 샤를 아르보라면서요."

"거, 거기까지 알아?"

세리아는 겁을 먹은 것처럼 리오에게서 눈을 돌렸다.

"……갑자기 실례지만, 이거, 선생님이 바란 결혼인가요?"

리오가 아주 진지한 표정으로 단도직입적으로 물었다.

"어, 아니, 그게…… 왜 그래, 갑자기?"

세리아는 떳떳하지 못하게 대답을 흐리고 얼버무리듯이 되물었다.

"죄송해요. 성급하다는 건 충분히 알아요. 하지만 선생님의 결혼식까지 더는 시간이 없다고 들었고, 게다가 결혼 상대가 그 샤를 아르보라는 걸 들으니 가만히 있을 수가 없었어요. 제가 지금 여기 있는 것도 정식 절차를 밟고 온 게 아니에요."

리오는 자신이 이 자리에 나타난 경위를 최대한 간단히 설명했다.

"……어? 음, 설마 여기까지 몰래 왔다는 거니?"

세리아는 믿기 어렵다는 태도로 물었다.

"네."

"이곳은 지금 이 나라에서 가장 경비가 삼엄한 구역인데……. 정말로 몰래 숨어들었다면 기사와 병사의 대실태고 나라로서도 큰 문제야."

"경비에 문제는 없었어요. 그냥 제가 특별한 거지, 누구나 여기까지 침입할 수 있는 건 아니니까 그 점은 안심하세요. 선생님이 계신 곳이 어디 있는지 알아내는 것도, 여기까지 숨어드는 데도, 그만한 수고를 했으니까요. 하지만 지금은 시간이 아쉬우니 되도록 자세한 설명은 생략하고 싶은데요……."

리오는 그렇게 설명하며 벗어나려던 대화를 되돌렸다.

"……응. 확실히, 그 말이 맞아."

세리아는 얌전히 고개를 끄덕였다. 의문이 남긴 했지만, 그녀도 리오와 의견이 같았다.

"제가 학원에 있었을 때, 선생님은 연구에 열정을 바쳤고, 결혼에는 상당히 소극적이었다고 기억해요. 물론 전혀 관심이 없지는 않았지만요……."

리오는 당시를 떠올리며 살피듯이 말을 꺼냈다.

"……그랬나? 그립네."

세리아는 쓸쓸하게 미소 지었다.

"물론 누구나 심경의 변화는 있을 거예요. 제가 선생님을 떠나고 결코 짧지 않은 시간이 지났으니 선생님의 심경에 변화가 일어났을 가능성도 있죠. 그러니까 강요받았을 수도 있지만, 선생님이 진심으로 원해서 하는 결혼이라면 저도 솔직하게 축복하고 싶어요."

리오는 자기 마음을 솔직하게 전했다.

"아하하, 이 결혼은 나도 동의한 건데……."

세리아는 쓴웃음을 짓고 자신의 의견을 말했다. 다만, 일부러 그런 것인지 「동의」라는 말은 써도 「원한다」는 말은 쓰지 않았다.

"결혼 상대가 그 샤를 아르보인데요?"

리오는 그렇게 물어보며 세리아의 얼굴을 가만히 관찰했다.

"……너와, 인연이 있는 분이지."

세리아는 떳떳하지 못한지 리오에게서 시선을 뗐다.

"혹시 본가 상황이 안 좋나요? 그래서 아르보 공작가에게 정략결혼을 강요받은 거예요?"

리오는 사전에 수집한 정보를 통해 추측한 내용을 물었다.

"……으음, 그건 음모론이라고 해야 하나, 너무 나쁘게 추측했는데. 그야 나도 귀족이니까 결혼한다면 정략결혼적일 가능성이 높아. 하지만 그것도 포함해서 납득한 일이야. 나도 그럴 나이니까. 언제까지고 연구만 생각하고 살 수는 없어."

세리아는 자신이 인신공양으로 나선 기미는 조금도 풍기지 않고 무척 가볍게 질문을 일축했다. 그리고 리오를 타이르듯이 부드럽게 미소 지었다.

"……그럼 이제 연구는 하지 않나요?"

"물론 계속 할 거야. 학원 강사는 그만두지만, 샤를 님 집에서 연구하는 건 허락받았어. 내게 무척 좋은 조건이지?"

세리아가 방긋 웃으며 말해보였다.

"하지만 정말로 결혼 상대가 샤를 아르보여도 괜찮아요?"

리오는 납득할 수 없다는 표정으로 쓰디쓰게 되물었다.

"고집부리네. ……뭐, 솔직하게 말하면 이상형은 아니야. 하지만 나도 귀족인걸. 이상만 좇을 수는 없어. 타협해야 해."

그러자 세리아가 쓴웃음을 짓고 대답했다.

"선생님……."

"그리고 그래 보여도 샤를 님은 여자에게 신사적이고 부드러운 사람이다?"

그 말에 리오는 심한 저항감을 느꼈다. 하지만 세리아의 말은 정론이었고 그녀 자신이 이미 납득했는지 밀어내는 것 같은 거리감이 있었다. 그래서 리오가 자신의 감정을 끼워 넣을 여지가 없었다. 하지만 그래도—

"그게…… 그게 선생님의 본심이에요? 저는, 아직 납득할 수 없어요."

리오는 물고 늘어지기로 했다. 세리아 자신이 됐다는데, 정말로 그거면 되느냐고 반감을 가지는 자신이 있었다. 그것은 세리아의 결혼 상대가 샤를 아르보이기 때문일까? 리오도 알 수 없었다.

"……그럼, 리오가 나를 받아줄래?"

세리아가 갑자기 물었다.

"읏……?!"

리오는 당황해서 몸을 움찔했다.

"리오가…… 리오가 나를 어디론가 데려가서, 거기서 평생, 나와 살아줄래?"

그렇게 묻는 세리아의 표정은 왠지 너무나 공허해 보였다.

"……선생님이, 바란다면. 제가 당신을 이곳에서 데리고 나가겠습니다."

리오는 조용히 각오를 다지고 자신의 뜻을 전했다. 그러자 세리아가 살짝 눈을 크게 떴다.

"……거짓말이야. 미안해, 잊어줘. 그 대답을 들은 것만으로도 기뻐."

세리아는 눈물을 글썽거리고 기뻐하며 고개를 저었다. 리오가 진심이라는 것이 바로 전해져서 무척 기뻤다.

'안 돼. 리오를 휘말리게 해서는 안 돼. 그러면, 리오는 또…….'

공교롭게도 리오가 한 말이 세리아의 결의를 더 강하게 굳혀버렸다. 그래서 세리아는 고뇌하며 슬픔을 억누르고 기쁨의 미소를 지으며 말을 이었다.

"지금, 내가 모든 것을 버리고 이 나라를 떠나더라도 나는 나라에 남은 가족을 잊을 수 없을 테니까……. 그리고 리오와 있어도 난 평생 독신일 것 같고."

"선생님, 저는……."

"리오, 이제 가렴."

리오가 무슨 말을 하려하자 세리아는 말을 끊고 리오를

보내려고 했다.

"아뇨, 아직 시간이……."

"안 돼. 이제 씻을 거니까 곧 도와주는 사람들이 방으로 올 거야."

세리아는 리오가 말도 못 꺼내게 했다.

"내일 일찍부터 식 준비를 해야 하니까. 평소에는 좀 더 나중에 오지만, 이제 언제 와도 이상하지 않아. 누가 오면 나는 너를 감싸줄 수 없어. 애초에 결혼을 앞둔 귀족이 혼약자 외의 남자와 단둘이 있다니, 파혼 당할 수도 있어."

"읏……."

리오는 답답한지 주먹을 세게 틀어쥐었다.

"또 만나는 건…… 이제 어려울 수도 있지만, 만약, 마음이 내키면, 가능하다면 좋으니……. 아니, 미안해, 식 전에 너를 만나서 다행이야. 부끄러우니까 식에는 오면 안 돼."

세리아는 살짝 어두워진 얼굴로 말했지만, 마지막에는 장난스러운 미소를 지으며 다정하게 말했다.

"……."

하지만 리오는 마음을 제대로 표현할 말을 찾지 못하고 그 자리에 우뚝 서 있었다.

"자, 어서 가. 소리 지른다?"

그러자 세리아가 리오의 등을 꾹 밀어 아틀리에 밖으로 밀어냈다.

"어디로 들어왔는지는 묻지 않을게. 하지만 돌아갈 때

들기면 안 된다? 내가 이 문을 닫으면 20초 이내로 돌아갈 것. 만약 방에 남아있으면 정말로 소리 지를 거야, 알았지? ……안녕.”

그렇게 말한 세리아는 리오의 대답을 기다리지 않고 바로 문을 닫았다. 더 이상 리오의 얼굴을 봤다간 마음이 바뀔 것 같았다. 세리아는 꼬박 20초를 세고 머뭇거리며 아틀리에 문을 열었다. 실내에는 인기척이 없었다.

“돌아……갔나? 아니지, 《범위 탐색 마법》.”

세리아는 만약을 위해 주변 마력 반응을 찾는 마법을 사용했다. 세리아의 발치에 마법진이 떠올라 실내와 그 주변의 마력원을 찾는 마력 파동을 일으켰다.

“복도에 경비하는 기사가 있을 뿐……인가. 저택 밖에는 아무도 없어.”

세리아는 돌연 테라스로 이어지는 창문을 봤다. 잠금장치가 열린 것을 보고 아마 여기로 리오가 들어왔을 것이라 파악했다. 세리아가 바로 문을 잠그자 달칵 잠기는 소리가 허무하게 울렸다.

그리고 세리아는 갑자기 눈물을 흘렸다.

“……고마워, 리오. 다시 만나서, 정말 기뻤어. 바이바이.”

이미 방에서 사라진 리오에게 감사와 이별을 고했다.

한편, 리오는 세리아의 방을 나와 어느새 실체화한 아이시아와 테라스에서 합류해 밤하늘을 날고 있었다.

"하루토, 고민해?"

아이시아가 벌레를 씹은 듯한 표정인 리오에게 물었다.

"아니, 고민하는 건 아닌……가. 하지만 나는 아직 납득하지 못한 것 같아."

"어째서?"

"……선생님의 본심을 듣지 못했어."

리오가 대답했다.

"그럼, 어떡할래?"

아이시아가 담담히 리오의 의사를 확인했다.

"내일, 선생님의 결혼식을 보러 가자. 하지만 그 전에 크렐 백작가과 아르보 공작가의 결혼 경위를 좀 더 자세히 알고 싶어."

그것을 알지 못하면 세리아와 제대로 대화할 수 없을 것 같았다.

"그럼 협력할게."

"……미안."

아이시아가 아무 망설임 없이 협력하겠다고 하자 리오는 부끄러운 표정으로 사과했다.

"왜 사과해?"

"내 기분 때문에 아이시아를 휘둘러서."

"말했을 텐데. 나는 하루토와 계속 함께야. 하루토가 필요하다면 언제든지 내게 기대도 된다고. 그러니까 기대."

아이시아는 그렇게 말하고 하늘에서 부드럽게 리오를 포옹했다.

"……고마워. 소동을 일으켜서 정보 수집에 지장을 주고 싶지 않으니까 신중하게 하자. 조금 긴 밤이 될 수 있지만, 같이 가줄래?"

"내게 맡겨. 가자."

아이시아는 고개를 끄덕이며 리오의 손을 잡아당겼다. 두 사람의 밤은 이제부터였다.

정령환상기

【 제 5 장 】 ❀ 백은의 신부

다음 날 오전. 샤를과 세리아는 왕도 교외의 남쪽으로 뻗은 가도 옆 평야에 거점을 세우고 그곳에서 결혼식을 준비하고 치장했다.

예정대로라면 정오에 이곳을 출발해 왕도에 진입하고 도시를 행진한 뒤 왕성 부근에 있는 육현신을 모시는 대신전의 야외 제단에서 식을 올린다는 계획이었다.

현재 거점에는 퍼레이드에 참가하는 음악대와 호위부대가 천 명 단위로 모여 있고 신랑신부에게 축하를 전하려는 가족과 지인 귀족이 내방 중이었다.

신랑인 샤를이 대기하는 천막에서는—.

“샤를 님, 레이스 님을 모셔왔습니다.”

한 기사가 새까만 정장을 입은 마른 남자— 레이스를 안내했다.

“오, 레이스 공. 와주셨습니까.”

화려하고 아름다운 신랑 의상을 입은 샤를이 기쁘게 웃으며 레이스를 환영했다.

“우리 사이 아닙니까. 기꺼이 출석해야지요. 결혼, 진심으로 축하드립니다, 샤를 님.”

레이스는 생글거렸지만, 공허한 미소를 그리며 축언을 전했다.

"아아, 고마워요. 그런데 우리 왕도에는 언제 오셨는지?"

"지금 막 도착했습니다."

"그래요, 좀 더 일찍 오셨으면 제대로 접대했을 텐데……."

"아뇨 아뇨. 신경 쓰지 마십시오. 정식으로 화의를 맺었다고는 하나 **저는 프로키시아 제국의 대사이니까요.** 당신과 지나치게 친하게 지내면 좋지 않게 생각하는 분이 생기겠죠. 이번에는 몰래 온 것이니 저는 슬쩍 참가하겠습니다."

"신경 쓰게 해드려 죄송합니다. 하지만 이렇게 왕도에 오셨으니 정식 귀빈으로 대접하는 것이 도리. 왕성 영빈관에서 머무실 수 있도록 준비하지요. 소수파의 눈은 신경 쓸 것 없어요. 식이 끝나면 부디 우리 집에도 와주십시오."

샤를은 미안해하며 얼굴에 그림자를 드리웠지만, 마지막에는 의젓하게 말했다.

"후후, 오늘 밤은 신혼초야 아닙니까. 며칠 안으로 저택에 들리도록 하겠습니다. 개인적으로 결혼을 축하드리고 싶기도 하고요."

"하하하, 알겠습니다. 오늘 밤은 감사히 즐기겠습니다."

"예, 부디. ……음?"

레이스는 입가에 미소를 그리고 고개를 끄덕이더니 무언가를 알아차렸는지 고개를 갸웃거렸다.

'지금 한순간이었지만, 실체화한 정령의 기척이 느껴졌어요. 왕도 안에 있는 걸까요? 이렇게나 사람이 밀집한 구역에서는 위치를 파악하기 어렵고, 어지간히 접근하지만 않

으면 저쪽에서 이쪽 기척을 알아차릴 일도 없겠지만…….'

레이스는 눈을 슥 가늘게 떴다. 그 시선은 왕도 중심부를 향했다.

"왜 그러십니까? 레이스 공."

샤를이 이상해하며 물었다.

"아뇨, 아무것도 아닙니다. 다른 면회 희망자에게 방해가 될 테니 저는 한 발 먼저 대신전으로 가 있겠습니다."

레이스가 안색 하나 바꾸지 않고 방긋 웃으며 말했다.

"그럼 안내할 사람을 몇 명 붙여드리지요. 무슨 일이 있으면 그들에게……."

샤를은 그렇게 말하고 레이스를 안내한 기사에게 눈빛으로 지시를 내렸다.

"감사합니다. 그럼 나중에."

레이스는 마지막으로 허리를 숙이고 안내하는 기사와 함께 물러나며 생각했다.

'단독행동으로 찾는 건 어려워 보이니 얌전히 있기로 할까요.'

"자, 그럼 나도 슬슬 세리아에게 얼굴 좀 내밀어볼까. 이봐, 아내들을 여기로 불러와라. 함께 세리아에게 가겠다."

샤를이 가까이 있던 집사에게 명령했다.

"네, 알겠습니다."

집사로 보이는 남자가 샤를의 지시를 받고 공손히 고개를 끄덕이고 기민한 발걸음으로 천막 밖으로 나갔다. 샤를은 기분 좋게 흥 하고 콧방귀를 뀌었다.

"드디어 이 날이 왔는가. 밤이 몹시 기다려지는군."

그리고 득의양양하게 씨익 웃었다.

한편, 세리아는 프린세스라인의 귀여운 웨딩드레스를 입고 샤를과 다른 천막에서 멍하니 대기하고 있었다.

"세리아, 있나?"

그때, 샤를의 진저리나는 천박한 목소리가 들렸다. 천막 안의 호위 기사들을 보고 세리아가 있다는 걸 알고서 묻는 것이었다.

"네, 있습니다."

세리아는 작게 탄식하고 애써 웃는 척하며 대답했다. 그러자 바로 천막 입구에서 샤를이 들어왔다. 그리고 그 뒤에는 드레스로 치장한 여섯 명의 여자들과 멋진 의례용 기사복을 입은 기사 여섯 명이 있었다.

"……오, 오오, 훌륭하다. 훌륭해, 세리아! 정말 아름다워!"

샤를은 웨딩드레스를 입은 세리아를 보고 환희하며 치켜세웠다. 뒤에 서 있던 여자와 기사들도 청초한 아름다움에 자기도 모르게 눈을 크게 떴다.

무리도 아니었다. 상반신에 딱 맞춘 옷감과 풍성하게 퍼진 치마가 대비되어 가뜩이나 가는 세리아의 허리를 한층 가늘어 보이게 하며 아름다운 실루엣을 그렸다. 세리아의 은백색 머리카락과 순백의 드레스의 조합은 무척 우아하고 아름다우며 성스러워서 마치 겨울의 요정 같은 분위기를 빚어냈다.

"감사합니다, 샤를 님."

세리아는 단아하게 인사하며 감사를 표했다.

"……좋아, 정말 아름다워. 참 좋아."

샤를은 그렇게 말하고 여러 번 고개를 끄덕이고 팔을 뻗어 장갑 너머로 세리아의 뺨을 만졌다.

세리아는 자기도 모르게 몸을 뺄 뻔한 것을 필사적으로 참았다. 몸을 흠칫하고 부끄러운 척하며 얼굴을 돌렸다.

"긴장했나? 걱정 마, 내가 있어."

"……네."

세리아는 고개를 숙이듯이 끄덕였다. 그 목소리가 살짝 떨렸다.

"하하하, 많이 긴장한 모양이군. 자네의 긴장도 풀어주고자 아내들을 데리고 왔다만…… 그 전에 퍼레이드 중에 호위를 맡을 정예들을 소개하지."

샤를은 밝게 말하며 세리아의 뺨에서 손을 거두고 뒤에서 있던 기사들을 봤다. 기사들은 웨딩드레스를 입은 세리아를 보고 넋이 나갔다가 샤를의 말에 힘차게 자세를 바로했다.

"영빈관에서 제 경호를 맡아주셨던 분들……이시죠? 몇

번 얼굴을 뵌 적이 있어요."

세리아는 기사들의 얼굴을 아는지 그들을 보며 물었다. 모두 세리아보다 연상이었지만, 20대 후반 정도로 아직 젊었다.

"아, 얼굴을 익혔나? 너희들에게 잘 됐군."

"영광입니다."

샤를이 훗 웃으며 말하자 기사들이 기뻐하며 대답했다.

"이들은 내가 단장을 맡은 신설 기사단의 출세자들이야. 원래 근위병사단 소속이었는데 내가 직접 빼왔지. 집안과 실력을 겸비한 진짜 기사들이야."

샤를이 자랑스럽게 말했다.

"정예라는 말씀이군요. 무척 든든하네요. 여러분, 오늘 잘 부탁드려요."

세리아는 그렇게 말하고 기사들에게 부드럽게 미소 지었다.

"넷! 세리아 님의 안전은 저희가 지키겠습니다. 안심하십시오."

기사들의 대표로 보이는 청년이 가슴에 손을 대고 자랑스럽게 대답했다. 다른 기사들도 헤벌쭉하며 힘차게 고개를 끄덕였다.

"이봐, 이봐. 너희들의 경호 대상에는 나도 들어있다고?"

"물론입니다. 하지만 샤를 님 정도 되시는 기사라면 불의의 사태가 일어나도 기습은 당하지 않으실 테니 오히려 저희가 발목을 잡을지도 모릅니다."

"하하하, 제법인데. 말 한번 잘하는군."

샤를이 기분 좋게 웃었다.

"여보, 슬슬 돌아가는 편이 좋지 않겠어요?"

그러자 뒤에 서 있던 한 여자가 샤를에게 말했다.

"흠, 그렇군. 세리아, 테나시나네를 데려왔다. 이 기회에 친해지도록 해. 나는 퍼레이드를 지휘 감독하러 가야겠어."

"알겠습니다."

세리아는 공손하게 고개를 끄덕였다.

"좋아, 그럼 간다. 테나시나, 이 뒤는 네게 맡긴다. 세리아를 부탁해."

샤를은 그런 말을 남기고 기사들을 데리고 천막 밖으로 걸어갔다.

"네, 조심해요. 여보. **그녀와 견실한 대화를 나눌게요.**"

테나시나라 불린 여자와 다른 여자들이 조용히 머리를 숙이며 샤를을 배웅했다. 그리고 천막에 세리아와 테나시나 일행만 남게 됐다.

세리아는 테나시나와 시선을 마주치고 묘한 한기를 느꼈다.

"저, 테나시나 님. 다른 분들도. 이쪽에 앉으세요. 당신은 사람 수에 맞춰 차와 과자를 준비해줄래?"

일단 그녀들에게 의자에 앉으라고 권했다. 그리고 옆에 서 있던 도우미 여자에게 차를 내오라고 부탁했다.

"어머, 그래요. 오래 있을 생각은 없지만, 앉도록 할까요?"

테나시나가 쌀쌀맞게 말하고 상석에 앉았다. 그러자 다른 아내들도 조용히 테나시나를 따라 서열 순으로 상석에 앉았다. 그리고 모두가 앉은 것을 확인한 세리아가 말석에 앉으려고 하자―.

"당신은 서 있어요. 그리고 거기 도우미. 당신은 차를 내오고 한동안 면회객을 받지 말라고 망보는 사람에게 전하고 밖에서 대기하도록."

테나시나가 명령했다.

"……네?"

세리아와 도우미가 무심코 당황해버렸다.

"어서요."

"네, 네."

테나시나가 조금 화난 목소리로 명령하자 도우미가 후다닥 준비하기 시작했다. 세리아는 분위기를 파악하고 명령받은 대로 의자에는 앉지 않고 그대로 서 있었다.

"몇 번 만난 적 있지만, 제가 본처인 테나시나입니다. 이렇게 일곱 명 전원이 모여 얼굴을 마주하는 건 처음이군요."

테나시나가 자신이 본처임을 강조하며 말하기 시작했다. 테나시나 외의 여자들은 조금 위축돼서 묵묵히 앉아 있었다.

"분명 이 중에 세리아와 동창인 아이가 있었을 텐데……."

테나시나가 그렇게 말하고 세리아와 나이가 가까운 두

여성을 봤다. 이곳에 있는 여성들은 모두 샤를의 아내지만, 연령층은 제각각이었다.

남편인 샤를이 30대 중반인 것에 비해 본처인 테나시나는 딱 서른 정도. 그 뒤로 조금씩 아내의 나이도 내려갔는데, 세리아와 동창으로 보이는 여성은 다섯 번째 부인과 여섯 번째 부인인 것 같았다.

"월반으로 졸업해서 동창이었던 시기는 짧습니다만……."

"저, 저는 선생님의 강의를 수강한 적이 있어요."

두 여성이 쭈뼛거리며 대답했다.

"그래요?"

테나시나가 짧게 대답했다. 그러자 도우미가 테이블 위에 차와 과자를 두고 얼른 천막 밖으로 나갔다.

테나시나는 그것을 확인하고 세리아를 봤다.

"뭐, 학원 시절에는 당신이 위에 있었을 테고, 나고 자란 집안도 이 아이들보다 당신이 뛰어나지만, 샤를에게 시집온 이상, 일곱 번째 부인인 당신의 서열은 우리 중 제일 아래입니다. 원래는 백작가 장녀가 일곱 번째 부인이 될 리없어서 이런 문제가 생기지 않지만, 당신은 제법 특별하니처음부터 확실하게 해두죠."

테나시나가 딱 잘라 말했다.

"……물론, 알고 있습니다."

세리아는 공손하게 고개를 숙였다.

"기특한 마음가짐입니다. 당신은 특별하지만, 그렇다고

전통적인 가정의 질서를 어지럽혀도 된다고 착각하면 곤란하니까요. 당신을 아내로 맞은 샤를의 판단을 따를 것이고, 샤를은 당신을 꽤 마음에 들어 하니 한동안 특별히 봐주겠습니다. 하지만 건방진 태도를 용서할 생각은 없습니다. 부디 집안에 소란을 일으킬 생각은 하지 않도록."

테나시나가 엄격하게 말했다. 곁에 있는 여자들도 굳게 고개를 끄덕였다.

요컨대 테나시나를 포함한 상위 부인은 상속문제를 우려하고 있는 것이었다. 순서대로 따지면 두 번째, 세 번째 부인까지는 많은 혜택을 받지만, 기존 서열을 뒤집을만한 스펙을 가진 세리아가 등장한지라 내심 초조할 터였다. 하위 부인들과는 별 상관없는 이야기지만, 그녀들보다 세리아를 아래에 두고 우월감을 줘서 세리아와 결탁하지 못하게 하려는 게 목적이었다.

적어도 고위 귀족 영애로 자란 여성이라면 자존심과 상식적으로도 납득할 수 없는 취급이었다.

"알겠습니다, 테나시나 님. 여러분. 부족한 몸이지만, 여러분의 말석에 낄 수 있도록, 부디 잘 부탁드립니다."

세리아는 허리를 낮추고 자리에 있는 모두에게 머리를 숙였다. 어차피 평생 이 집에서 살 수밖에 없다면 가능한 한 평온히 있고 싶었다.

하지만 그런 세리아의 대응은 기존 아내들에게는 의외였는지 테나시나를 포함한 고위 부인은 세리아를 의심스럽게 봤다. 입으로는 무슨 말이든 할 수 있다고 생각하리라.

'……아마 당분간은 구박받겠지.'

세리아는 앞으로의 인생을 상상하고 절망에 빠졌다. 홀로 있는 것은 익숙해서 가정 내에서 다소 따돌림 당하더라도 버틸 수는 있겠지만, 약한 소리를 할 수 있는 상대가 없는 데다가 내성에도 한계가 있었다.

게다가 앞으로는 좋아하지도 않는 사람에게 몸을 내줘야 했다. 그런 생활이 계속 이어질 텐데, 정말 견딜 수 있을까? 마음이 부서지지 않을까? 혹시 머지않아 샤를에게 의존해버리지는 않을까? 정신이 들면 지금까지의 자신과 바뀌어있지 않을까? 세리아는 참을 수 없을 만큼 무서워졌다.

"흥, 안색이 심각하군요. 그런 얼굴로 식에 참가시킬 수 없어요. 그래도 아르보 공작가에 시집오는 신부이니까요. 더 방긋방긋 웃어요."

테나시나가 불쾌한지 콧방귀를 끼고 거칠게 말했다.

"네."

세리아는 억지로 웃었다. 예전에는 어떻게 웃었는지 기억이 안 났지만, 웃어봤다.

"세, 세리아 님, 크리스티나 제1왕녀 전하께서 오셨습니다. 어떻게 할까요?"

밖에서 도우미가 황급히 들어와 초조하게 물었다.

"뭐하는 겁니까, 당신! 갑자기 무례하게. 누가 들어와도 된다고 했죠?"

테나시나가 양해도 구하지 않고 천막에 들어온 여자에게 격앙했다. 여자는 어지간히 당황했는지 아뿔싸 하는 표정을 지었다.

"크리스티나 님께서……. 어서 모셔오세요."

세리아는 상관하지 않고 크리스티나를 모셔오라고 여성에게 명했다.

"네, 네!"

여성은 서둘러 천막 밖으로 나갔다.

"당신, 누구 마음대로……."

테나시나가 세리아의 행동에 눈썹을 찌푸렸다.

"……죄송합니다. 하지만 집안 이야기를 하느라 왕족이신 크리스티나 님을 기다리게 하면 아르보 공작가의 수치 아니겠습니까?"

세리아가 도리를 말했다.

"큿……."

테나시나는 분노를 표출하며 뭔가 말하려다 천막으로 다가오는 크리스티나의 기척을 느끼고 방긋 웃는 척했다. 그러자 밖에서 대기하던 도우미 여성의 안내를 받으며 크리스티나가 들어왔다.

"와주셔서 감사합니다, 크리스티나 님. 설마 공주님께서 와주실 줄은 생각도 못해서 어떻게 대접해드려야 할지……."

세리아는 일단 테나시나 일행을 내버려두고 크리스티나

를 맞이했다. 거의 확실하게 테나시나의 반감을 산 것은 분명했지만, 신경 쓸 때가 아니었다.

"아뇨, 신경 쓰지 마세요. 아무 말도 없이 왔으니까요. 아버님과 어머님을 대신해 축하인사를 전하러 왔습니다. 시간 괜찮나요?"

크리스티나가 실내에 있는 여자들을 보며 세리아에게 물었다.

"물론입니…….""이쪽으로 오시지요, 크리스티나 님. 자, 멍청히 있지 말고 당신들은 구석으로 이동해요. 세리아는 거기 앉고."

테나시나가 세리아의 말을 자기 목소리로 덮고 나서서 움직였다. 일어서서 황송해하던 다른 여자들을 자리에서 물러나게 하고 세라아에게 앉으라 지시한 테나시나는 약삭빠르게 세리아의 옆자리를 차지했다.

"……고마워, 실례하지."

크리스티나는 차가운 시선으로 테나시나를 보고 자리에 앉았다.

"아뇨, 이런 자리에 와주시다니 황송하기 그지없습니다."

테나시나는 상냥해 보이는 미소를 지으며 크리스티나에게 아첨했다.

"그다지 시간이 없으니 은사인 세리아 선생님과 둘이서 이야기하고 싶네. 자리를 비켜주겠나?"

크리스티나는 테나시나 일행을 상대할 시간이 없다는

뜻을 내비치며 말했다.

"……알겠습니다. 쌓인 이야기도 있으실 테니, 천천히 나누십시오. 가죠."

테나시나는 어색한 미소를 그리며 고개를 끄덕였다. 그리고 곧장 다른 여자들을 데리고 퇴실했다.

"자네도 물러나도록 해. 방해꾼이 들어오지 않도록 밖에서 대기해 줘."

크리스티나가 급사 역할을 해야 하나 고민하던 도우미에게 말했다.

"네, 네!"

여성은 황급히 밖으로 나갔다.

"하찮군."

크리스티나가 탄식하고 중얼거렸다.

"선생님, 오랜만입니다. 이제 차분히 대화할 수 있겠군요. 앉을까요?"

그리고 조금 전보다 부드러운 음색으로 세리아에게 앉으라고 권했다.

"감사합니다. 실례하겠습니다. 여기 마침 막 내온 차도 있으니 괜찮으시다면 드시지요."

세리아는 감사를 표하고 찻주전자에 든 딱 알맞게 우러난 차를 사용하지 않은 잔에 따라 건네고 의자에 앉았다.

"신경 써주셔서 감사합니다. 웨딩드레스, 무척 잘 어울려요. 세리아 선생님이 제일 아름답습니다. 조금 전의 여자들과는 비교할 수 없을 정도로."

크리스티나가 미소 지으며 세리아를 치켜세웠다.

"아, 아뇨, 제가 어찌. 성인 여성의 매력이라고 할까, 여성적인 매력이 부족하다는 건 알고 있습니다."

세리아는 말도 안 된다며 고개를 저었다.

"저는 그렇지 않다고 봅니다. 적어도 저는 지금의 선생님보다 아까 여자들을 좋아하는 남자는 눈이 옹이구멍이라고 생각해요."

"아하하, 황송합니다. 감사히 칭찬으로 듣겠습니다."

크리스티나가 훗 웃으며 말하자 세리아도 기뻐하며 미소 지었다.

"……제가 들어왔을 때보다 안색이 조금 나아졌군요. 혹시 저 여자들에게 기분 나쁜 말이라도 들으셨습니까?"

크리스티나가 세리아의 안색을 살피며 물었다.

"아뇨, 그렇지는……. 그냥 어젯밤에 긴장해서 잠을 잘 못 잤습니다. 하지만 크리스티나 님이 와주셔서 기운이 났어요. 공주님을 뵙는 것도 오랜만이네요."

세리아는 약한 소리를 하지 않고 웃는 척하며 대답했다.

"……유그노 공작이 플로라를 데리고 간 이후로 아르보 공작의 감시가 심해져서 호위라는 이름의 연금 상태입니다. 요즘 왕성 밖으로 전혀 나갈 수 없었는데, 선생님 덕분에 외출할 수 있었습니다. 뭐, 밖에 멋없는 호위 겸 감시자가 있지만요."

크리스티나가 지긋지긋하다는 듯이 얼굴에 그림자를 드리우고 목소리를 낮추며 말했다.

"……크리스티나 님도 고생하시는군요."

그렇게 말한 세리아의 표정도 어두워졌다.

"아뇨, 제가 처한 상황은 전부 왕실의 부덕함으로 인한 인과응보입니다……. 그리고 크렐 백작가와 세리아 선생님께 여파가 끼친 것도 왕실의 부덕함에 기인한 것. 사죄할 방법이 없지만, 왕실을 대표해 사과하겠습니다. 정말 죄송합니다."

크리스티나가 창피한 표정으로 말하고 세리아에게 깊이 머리를 숙였다.

"크, 크리스티나 님, 안 됩니다! 제1왕녀 전하이신 당신께서 무턱대고 머리를 숙이시다니요! 그리고 저는 지금 상황을 누구 탓으로 돌릴 생각은 조금도…… 제가 결단한 결혼입니다. 전하께서 사과하실 일이 아닙니다."

세리아는 무심코 당황했다가 서둘러 크리스티나를 말리며 허둥지둥 말했다.

"무턱대고 하지 않았습니다. 선생님과 크렐 백작가에 그만한 폐를 끼쳤습니다. 비공식적이지만, 할 수 있는 사과는 하게 해주십시오."

크리스티나는 그렇게 말하며 세리아에게 계속 머리를 숙였다.

"그러니까 애초에 사과하실 이유가…… 무엇을 사과하

시는 건지도 모르겠습니다."

세리아가 답답해하며 말했다. 물론 크리스티나가 무슨 말을 하고 싶어 하는지는 이해했지만, 내용이 내용인지라 더 이상 구체적인 이야기를 할 수는 없었다. 크리스티나가 머리를 숙이는 광경은 물론이고, 이렇게 추상적으로 돌려서 말하는 모습을 자칫 잘못해서 누군가가 목격하면 문제가 될 수 있었다.

"······분명히 말할 수는 없지만, 굳이 말씀드리자면 선생님에게서 미소를 빼앗아버린 것에 대한 것입니다."

크리스티나도 그것을 알고 있는지, 아슬아슬한 선을 지키며 말했다.

"웃······ 싫네요. 저, 행복하다고요? 이제부터 결혼하는걸요."

세리아는 웃으며 그렇게 말했지만, 자기도 모르게 뺨에 손을 댔다. 자기가 혹시 잘 못 웃고 있나 불안했다.

"학원 시절, 저는 선생님의 선택강의가 무척 즐거웠습니다. 아래 학년인 플로라와 함께 선택한 몇 안 되는 강의였기 때문이기도 하지만, 순수하게 세리아 선생님이라는 사람을 동경했기 때문입니다. 그래서 선생님을 자주 봐왔습니다. 제 눈이 옹이구멍이 아니라면 지금의 선생님은 새장에 갇힌 새 같습니다. 그 시절의 선생님이 지금보다 훨씬 행복해 보입니다. 그 이유는, 선생님이 제일 잘 아시겠지만요······."

크리스티나는 세리아의 안색을 살피며 양심의 가책을 느끼는 표정으로 말했다.

"그렇, 습니까. 그렇게 보이는군요. 아하하……."

세리아는 쓸쓸하게 미소 짓고 대답을 얼버무렸다. 크리스티나는 세리아를 가만히 쳐다봤다.

"아무런 도움이 안 될 수도 있지만, 만약 살아가시다가 그 시절의 미소를 되찾을 기회를 만나게 되신다면, 저는 망설이지 않고 붙잡아야 한다고 생각합니다. 지금의 저는 아무것도 할 수 없고 빈말로 끝날지도 모르지만, 언젠가 제가 도와드릴 수 있다면, 그때는 가능한 한 조력하겠다고 맹세하겠습니다. 무엇이든지 말씀만 해주세요."

크리스티나가 진지하게 말했다.

"……고맙습니다. 저도 아무것도 할 수 없지만, 적어도 크리스티나 님이 플로라 님과 재회하실 수 있도록, 멀리서나마 기도할게요."

세리아는 그렇게 말하고 아주 조금 기쁘게 미소 지었다.

"……네."

크리스티나는 미안해하며 얼굴을 일그러뜨리고 꾸벅 고개를 끄덕였다.

◇ ◇ ◇

정오가 되고 결혼식 퍼레이드가 시작됐다.

퍼레이드 부대는 남쪽 대로에서 왕도로 진입해 예식장인 대신전으로 떠들썩하게 진행했다. 세리아와 샤를은 호화로운 마차를 탔다. 그 주위를 말에 오른 여섯 기사가 둘러싸고 그 바깥을 병사와 음악대가 질서정연하게 정렬해서 둘러쌌다.

샤를 아르보는 지배자의 미소를 짓고 길가에 서 있는 민중에게 손을 흔들었다. 세리아도 눈이 마주친 민중에게 미소 짓고 마주 손을 흔들었다.

"오오오, 손을 흔들어줬어!" "엄청 예쁘다. 은색으로 빛나는 것 같아. 여신님 같아!" "대귀족님은 저렇게 귀여운 여자와 결혼할 수 있구나."

민중의 주목은 대부분 세리아에게 쏠렸다. 모두 그 환상적인 아름다움에 넋을 잃었다. 누군가가 말했다. 「백은의 신부」라고—.

"백은의 신부님이다!" "백은의 신부님, 만세!" "평생 따르겠습니다!"

「백은의 신부」라는 호칭이 점점 민중에게 퍼져갔다.

샤를은 민중의 외침을 듣고 기분 좋게 웃었다.

"호오, 백은의 신부라. 우매한 민중이 즉흥해서 생각한 것 치고는 나쁘지 않은 호칭이군. 뭐, 그만큼 자네가 아름답고 냉혹한 걸수도 있겠어. 자, 봐라. 모두 세리아에게 마음을 빼앗겨 나를 부러워하고 있어. 다른 여자라면 이러지 않았겠지."

그리고 우월감에 젖은 표정으로 세리아에게 말했다.

"그렇지는 않을 거라 생각합니다만……."

세리아는 난처해하며 대답했다.

"아니, 실제로 자네는 아름다워. 나도 지금 자네에게 빼앗겼으니까. 한 사람의 여자에게 이렇게나 열의를 품은 것은 살면서 처음이다. 자랑스러워해도 좋아."

샤를은 열기를 띤 눈빛으로 세리아의 온몸을 응시했다.

"……감사합니다."

세리아는 오싹했지만, 움직이지 못하고 그 자리에 서 있을 수밖에 없었다.

"자네의 행동 하나 하나가 내 남심을 자극해. 타산적이고 기가 센 다른 여자와는 차원이 달라. 그런 자네가 조금만 있으면 나만의 것이 될 거라고 생각하면 도무지 나를 억누를 수가 없어. 일단은 제단에서 나눌 맹세의 키스를 기대하도록 하지."

샤를은 떨리는 가슴을 멈출 수 없다는 식으로 말하고 같잖은 미소를 지었다.

"……네."

고개를 끄덕인 세리아는 기분 나쁜 두근거림을 느꼈다. 긴장이나 불안과는 다른, 이루 말할 수 없는 혐오감이 가슴속에 소용돌이쳤다. 옆에 있는 남자와 키스하고 부부가 되는 모습을 도저히 상상할 수 없었다. 하고 싶지도 않았다. 하지만 그 순간이 코앞까지 다가왔다.

"자, 이제 투입한 녀석들을 움직여볼까."

샤를이 달아오른 민중을 보고 만족스럽게 중얼거리고 마차 근처에 있던 호위 기사에게 시선으로 신호를 보냈다.

"아르보 공작가 만세! 샤를 아르보 님 만세!"

그러자 신호를 받은 기사가 검을 뽑아 높이 치켜들고 크게 소리쳤다.

"아르보 공작가 만세!"

"샤를 아르보 님 만세!"

퍼레이드를 구성한 다른 사람들도 크게 소리쳤다.

"아르보 공작가 만세!"

"샤를 아르보 님 만세!"

그러자 민중 사이에서도 아르보 공작가와 샤를을 칭송하는 외침이 솟구치기 시작했다. 외침은 민중 사이에 빠르게 퍼져나가 퍼레이드 부대와 민중이 하나 되어 아르보 공작가와 샤를을 찬양했다. 샤를은 훗 하고 득의양양하게 웃었다.

"놀랐나? 민중에게는 알기 쉬운 지도자가 필요해. 그것이 그들의 행복이니까. 아버지의 뒤를 이어 언젠가 내가 그 지도자가 될 거다. 자네는 그 지도자의 아내다."

그렇게 말하고 세리아에게 어떠냐는 듯이 웃어보였다.

하지만 세리아는 아무 말도 하지 못했다.

"……."

그저 애써 웃는 수밖에 없었다.

◇ ◇ ◇

한편, 조금 지난 시각. 앞으로 식을 올릴 대신전 부지에 밀어닥친 수많은 하객이 드넓은 야외 정원에서 이제나저 제나 세리아 일행의 도착을 기다렸다.

부지 입구에서 맹세의 의식을 치를 야외 제단으로 이어 지는 길이 형성됐다. 조금 떨어진 곳에 대신전이 있고, 맹 세의 의식을 끝낸 뒤에는 대신전과 야외 정원을 이용해 파 티를 열 예정이었다.

리오는 영체화한 아이시아를 몸 안에 담고 하객 사이에 섞였다. 대신전 부지 내에는 정식으로 초대받은 사람만 입 장할 수 있지만, 초대 손님이 천 명 단위라 리오는 그리 어 렵지 않게 섞일 수 있었다. 리오는 가만히 서서 세리아가 올 때를 조용히 기다렸다.

「하루토, 세리아가 가까이 왔어.」

아이시아의 목소리가 리오의 머릿속에 울렸다.

「그런가 봐. 소란스러운 소리가 들리네.」

리오가 조용히 대답했다. 음악대가 연주하는 음악과 민 중의 소란이 멀리서 울려 퍼졌지만, 리오의 마음은 고요하 게 가라앉았다. 그리고 잠시 후—.

「하루토, 침착하네.」

아이시아가 담담한 목소리로 말했다.

「선생님의 상황을 정확하게 이해했으니까. 시간을 들여 머리를 식히고, 내가 어떻게 하고 싶은지 답을 찾아냈어. 아이시아 덕분이야.」

리오는 부드러운 미소를 지으며 아이시아에게 「고마워.」라고 했다.

「나는 조사만 했을 뿐. 대단한 일은 하지 않았어.」

「그렇지 않아. 아이시아가 없었으면 나는 선생님이 결혼하게 된 경위를 제대로 알지 못하고 망설이고 있었을 거야.」

「하루토라면 망설이더라도 앞으로 나아갔을 거야.」

아이시아가 아무 의심 없이 말했다.

「……그랬을까? 나는 겁쟁이잖아. 도망쳤을지도 몰라.」

리오는 살짝 놀라서 눈을 크게 뜨고 머뭇거리며 쓴웃음을 지었다.

「헤매는 것일 뿐. 망설여도, 틀렸어도, 앞으로 나아가는 힘을, 하루토는 갖고 있어.」

「……고마워. 조금 자신이 생긴 것 같아. 앞으로 내가 하려는 일에도. 기다리자. 이제 곧 선생님이 도착해.」

「응, 기다리자.」

아이시아가 대답한 뒤로 둘은 대화도 나누지 않고 접근하는 퍼레이드 부대를 묵묵히 기다렸다.

그로부터 얼마나 시간이 흘렀을까, 퍼레이드 부대가 대신전 부지 내로 떠들썩하게 들어왔다. 부지 내에 대기하던 초대 손님들도 와— 하고 환성을 질렀다.

"아르보 공작가가 지탱하는 우리 벨트람 왕국에 번영 있으라!" "아르보 공작가, 만세!" "샤를 아르보 님, 만세!"

부지에 있는 하객들이 샤를과 세리아가 탄 마차를 향해 소리쳤다.

하객 대부분은 국내 귀족, 그것도 아르보 공작파 사람뿐이었다. 부지 안이 환영 분위기 일색으로 물드는 게 당연했다.

샤를은 마차에서 하객을 내려다보며 만족스러운 미소를 지었다. 죄다 아는 사람인지 부르는 목소리 하나 하나에 반응하며 손을 흔들었다.

한편, 옆에 있는 세리아는 공허한 미소를 짓고 청초하고 단아한 아내로 행동하며 미소 지었다.

'선생님……'

리오는 그런 세리아를 애처로운 표정으로 바라봤다. 하지만 군중에 완벽히 섞인 탓인지 세리아는 리오를 알아차리지 못했다. 리오도 "선생님." 하고 부르지 않았다. 세리아가 탄 마차가 길의 절반까지 나아갔다.

「하루토, 이제 갈까?」

아이시아가 염화로 물었다.

「……응. 부탁해, 아이시아.」

리오는 작게 숨을 마시고 고개를 끄덕였다.

「알았어.」

아이시아는 대답과 동시에 영체화한 채로 리오의 몸에

서 나왔다.

리오는 그 모습을 볼 수 없었다. 하지만 이미 어디로 가는지 알았기에 리오는 망설임 없이 그쪽으로 눈을 돌렸다. 그곳에는 마차에 서 있는 세리아가 있었다.

세리아는 웃으며 출석자들에게 손을 흔들고 있었다.

"윽?!"

그러다 갑자기 몸을 움찔하더니 조금 수상하게 주위를 둘러보다 굳어버렸다. 하지만 바로 안심한 표정을 짓고 이번에는 서둘러 고개를 돌렸다. 세리아의 눈이 처음부터 알고 있었던 것처럼 리오가 섞인 인파에게 향했다.

동요한 듯이 눈으로 주변을 훑던 세리아는 이내 인파에 녹아든 리오를 발견했다. 리오는 가만히 세리아만 바라보다 눈이 마주치자 세리아에게 다정한 미소를 보냈다.

"어째서……?"

세리아는 작게 입을 움직였다. 그리고 너무나 괴롭게 얼굴을 일그러뜨리고 뚝뚝 눈물을 흘리기 시작했다.

리오는 우는 세리아를 보고 발길을 돌려 인파를 빠져나갔다.

시간을 앞으로 돌려 세리아가 인파에 섞인 리오를 발견하기 조금 전.

세리아는 점점 자신을 인형이라 생각하고 퍼레이드에 임했다. 실태를 범하고 본가에 피해를 끼치지 않도록, 오직 그 생각만 하며 사근사근하고 정숙하게 행동했다.

자신을 축복하는 사람들은 모두 즐거운지 정말 행복한 표정이었다. 그들을 응대하는 동안 세리아는 자신이 세상에 버림받은 착각에 빠졌다.

그러다 정신을 차리니 대신전 부지에 도착했다. 입구에서 쭉 뻗은 길 끝에는 야외 제단으로 이어지는 계단이 있었다.

계단 부근에는 출석한 국내외 VIP들의 자리가 있었다. 그 중에는 크리스티나를 포함한 왕족과 근위기사단 단장이자 벨트람 왕국 최강으로 이름 높은『왕의 검』알프레드 에마르, 그리고 샤를과 개인적으로 아는 것으로 보이는 프로키시아 제국의 대사 레이스가 있었다.

그리고 제단 아래 계단 앞 통로에는 한 소년이 서 있었다. 영웅 같은 옷을 입고 금색 머리카락을 사르락 나부끼며 상쾌한 미소를 짓고 있었다. 나이는 10대 중반으로 보였다.

세리아는 그가 누군지 알고 있었다. 직접 만나 대화한 적은 없지만, 왕성에 용사가 소환돼서 소란이 일어났을 때, 멀리서 한 번 본 적이 있었다.

그렇다. 그는 바로 벨트람 왕국성에 보관된 성석으로 소환된 용사 루이 시게쿠라였다. 함께 소환된 친구들과 다르게 혼자서만 외모와 머리색이 달랐는데, 본인의 말에 의하면 「서양 쪽 혼혈이라서」라고 했다.

그런 용사 루이 시게쿠라가 제단 아래 계단에서 기다리는 것은 육현신의 사도라 불리는 용사인 그가 직접 샤를과 세리아의 결혼을 승인함으로써 결혼의 정당성을 확고히 하고자 샤를이 불렀기 때문이었다.

따라서 승인을 마치면 더는 결혼을 물릴 수 없었다. 사근사근하게 미소 짓고 손을 흔들며 세리아는 시시각각 다가오는 현실에 겁을 먹었다.

「세리아.」

그때, 세리아의 머릿속에 갑자기 낯선 소녀의 목소리가 울렸다.

"윽?!"

세리아는 몸을 움찔했다.

「지금 당신의 의식에 접촉해서 직접 말하고 있어. 시간이 없으니까 놀라지 마.」

정체불명의 소녀가 느닷없이 말하기 시작했다.

「누, 누구야?」

세리아는 수상하게 주위를 둘러봤다.

「나는 아이시아. 하루토…… 아니, 리오의 부탁으로 이렇게 당신에게 말을 걸고 있어.」

「리오……가?」

소녀— 아이시아가 리오의 이름을 말하자 세리아가 몸

을 굽혔다.

「왼쪽 뒤를 봐.」

「설마……?!」

세리아는 놀라서 안색을 바꾸고 아이시아가 말한 방향을 봤다.

「좀 더 앞…… 그래, 그 주변.」

아이시아의 지시에 따라 세리아는 눈을 움직였다. 그리고 인파 속에 서 있는 사람들의 얼굴을 하나씩 확인했다.

'……리오.'

세리아는 인파에 섞인 리오를 발견했다. 리오는 세리아에게 다정한 미소를 보냈다.

"어째서……?"

왜 온 거야? 오지 말라고 했는데. 오지 않길 바랐는데. 샤를과 결혼하는 자신을, 리오에게만은 보여주고 싶지 않았는데.

세리아는 리오의 얼굴을 똑바로 쳐다보지 못했다. 정신이 들고 보니 눈물이 뚝뚝 흘러나왔다. 울면 안 된다는 걸 아는데, 눈물이 멈추지 않았다.

"……이런. 왜 그래, 세리아. 설마 눈물이 날만큼 기쁜가?"

샤를이 갑자기 우는 세리아를 보고 당황하더니 호기심 어린 미소를 지으며 물었다.

「적당히 맞춰 줘.」

아이시아의 목소리가 들렸다.

"……아, 그게, 모르겠어요. 기쁨과 다양한 감정이, 마구 뒤섞여서."

세리아는 당황하면서도 필사적으로 눈물을 훔치고 샤를에게 대답했다.

딱히 아이시아의 지시를 따라야겠다고 생각해서 한 말은 아니었다. 오히려 머릿속이 혼란스러워서 갑자기 튀어나온 말이었다. 그것은 세리아의 본심이었다.

그렇다. 세리아의 본심이다. 다시 리오를 보게 된 기쁨과 오지 말라고 했는데 왜 온 거냐는 분노와 좋아하지도 않는 남자의 옆에서 한껏 꾸민 자신을 보고 있다는 사실을 외면하고 싶은 마음과 그밖에 많은 감정이 뒤섞였다.

하지만 그럼에도 세리아의 가슴속을 차지한 가장 큰 감정은 기쁨이었다. 더는 만날 수 없다고 생각했는데 리오의 얼굴을 본 것이 참을 수 없게 기뻤다.

"후후후, 그런가. 그렇게나 나를…….."

샤를은 세리아의 말을 자기 좋을 대로 해석했는지 자존심이 차올라서 감동한 듯이 웃었다.

"자, 세리아. 마음을 추슬러. 모두 보고 있으니까."

그리고 좋은 남편을 연기하며 세리아를 다독였다. 식 전에 신부가 감정이 격해져 우는 것은 드문 일이 아니라, 하객들도 흐뭇하게 세리아를 지켜봤다.

'좋은 연출이군. 세리아도 그만큼 나와의 결혼이 기쁜 거겠지.'

샤를은 마차에서 주위 하객들을 둘러보고 기분 좋게 웃었다. 그러는 동안에도 세리아 일행을 태운 마차는 제단으로 이어지는 계단으로 다가갔다.

세리아는 한바탕 울고 겨우 고개를 들었다. 눈물을 훔치고 리오가 있었던 곳을 다시 바라봤다.

'……어? 리오는?'

인파 속에 리오는 없었다. 세리아는 황급히 주위를 둘러보며 마음속으로 아이시아를 불렀다.

「저기, 당신. 아이시아, 듣고 있어?」

아이시아는 대답하지 않았다.

「저기, 안 들리니? 리오는 어디로 갔어?」

세리아가 새파랗게 질린 얼굴로 물었지만, 역시나 아이시아는 대답하지 않았다.

'환상……이었나? 하지만 그럴 리가?!'

세리아는 갑자기 불안해졌다. 리오가 사라지자 무서워졌다. 뒤쪽 하객들 사이에서 리오를 찾았다.

"세리아, 이제 곧 용사님이 계신 곳에 도착해."

세리아를 태운 마차가 어느새 용사 루이가 기다리는 계단 부근에 도착했다. 루이와 어느 정도 거리를 두고 정차하더니 경비 기사가 마차 뒤쪽에 계단을 준비했다. 여기서부터는 걸어서 이동해야 했다.

"좋아, 내리자."

샤를이 같잖은 흉내를 내며 세리아에게 손을 내밀었다.

"너는 누구냐?! 멈춰라!"

그 순간, 갑자기 세리아 일행이 탄 마차 뒤를 지키던 퍼레이드 병사들이 소리를 질렀다. 퍼레이드 대열이 순식간에 소란스러워졌고 하객들까지 술렁거리며 무슨 일인가 싶어 퍼레이드 대열 뒤쪽을 봤다.

"무슨 일이냐?!"

퍼레이드 앞에서 세리아 일행이 탄 마차를 경호하던 기사대장이 말 위에서 뒤쪽을 향해 소리쳤다. 세리아도 마차에서 어수선해진 뒤쪽을 쳐다봤다.

"수, 수상한 자가 갑자기 대열 안으로 들어왔습니다!"

마차 뒤쪽에서 조급한 답변이 돌아왔다.

"어?"

그 직후, 세리아는 퍼레이드 인파를 뚫고 재빠르게 마차에 접근하는 인영을 목격했다. 말을 탄 기사대장도 검은 인영을 알아차리고 서둘러 지시를 내렸다.

"윽, 옆으로 전개해 일렬로 벽을 만들어라! 접근을 막아라!"

근처에 있던 병사들이 황급히 움직여 마차를 지키듯이 일렬로 인간 벽을 만들어 창을 겨누었다.

한편, 검은 인영은 대열 사이를 지그재그로 빠져나가며 병사들이 만든 인간 벽을 향해 달렸다. 어느 정도 마차에 접근하자 병사들이 빠진 공백지대로 뛰쳐나갔다.

"마도사대, 견제해라!"

호위 기사대장이 퍼레이드 대열에 참가한 마도사들에게 지시했다. 마도사들이 재빠르게 움직여 인간 벽을 만든 병사들 사이로 지팡이를 내밀었다.

　"《광탄마법》."

　그들은 일제히 진압용 공격마법 주문을 외웠다. 그 직후, 지팡이 끝에 술식이 그려진 빛의 마법진이 떠오르더니 검은 인영을 향해 무수한 빛 탄환이 날아갔다.

　그와 동시에 통로 옆에 서 있던 하객들이 비명을 질렀다. 다음 광경을 상상하고 눈을 가리는 사람이 있는가 하면, 갑작스러운 트러블에 즐거워하며 열띤 눈으로 보는 사람도 있었다. 하지만 다음 순간―.

　"뭐?"

　모든 이가 혼비백산했다. 검은 인영은 교묘하게 좌우로 스텝을 밟아 날아오는 빛 탄환 세례를 가볍게 빠져나갔다. 그리고 인간 벽과의 거리가 몇 미터로 좁아지자 크게 도약했다.

　"나, 날았어?!"

　검은 인영은 병사들의 머리 위를 가볍게 뛰어넘었다. 즉석에서 방위 라인을 만든 탓에 대열이 엉망이었다. 세리아가 탄 마차와 검은 인영을 가로막은 병사의 수가 제법 줄었다.

　충격을 죽이기 위해 지면에 웅크려 착지한 검은 인영은 세리아 일행이 탄 마차에서 십여 미터 떨어진 곳에서 자세를 가다듬으며 일어섰다. 우두커니 선 실루엣은 분명 인간이었다. 검은 외투로 온몸을 감싸고 후드를 뒤집어써서 얼굴을 숨겼다.

"시, 신체 능력이 어떻게 된 거야……."

주변 병사들, 아니 이 자리에 있는 모두가 겁에 질렸는지 숨을 삼켰다.

검은 인영은 후드 속에서 똑바로 세리아를 봤다. 세리아도 빨려들어 가듯이 후드 속으로 시선을 빼앗겼고, 경악하며 눈을 크게 떴다.

검은 인영은 다시 후드를 깊이 눌러 쓰고 갑자기 달렸다.

"윽, 두 사람을 지킨다! 말에서 내려라! 《신체능력 강화
마법》!"

마차를 호위하던 기사대장이 제일 먼저 이성을 되찾고 다른 호위 기사들에게 명령했다.

"《신체능력 강화마법》."

다른 기사들도 이성을 되찾고 일제히 주문을 외우며 말에서 뛰어내렸다.

"너희는 발을 묶어라!"

호위 기사대장이 길을 막은 소수의 병사들에게 엄명을 내렸다. 병사들에게 잡힐 상대가 아니라고 생각했는지, 시간을 벌기 위한 적절한 지시였다.

기사대장의 명령에 가까이 있던 병사들이 서둘러 검은 인영을 공격했으나 예상대로 장애물 이상의 역할을 다하

지는 못했다. 그러나—.

"발검! 포위진형으로 녀석을 포획한다! 팔 정도는 베어도 좋다. 감히 이 결혼식을 습격한 불한당에게 왕국의 위신을 가르쳐줘라! 가자!"

호위 기사들이 전투태세를 갖출 시간은 벌었다. 기사대장이 검은 인영에게 검을 겨누고 소리를 드높이자 기사들이 질서정연하게 요격을 개시했다.

기사대장과 다른 한 기사가 상대의 도약을 경계하며 뒤에서 대기하자 남은 넷이 검은 인영을 에워싸고 공격했다. 세리아는 그 광경을 보고 겁을 먹었는지 몸을 떨었다.

"걱정 마, 세리아. 식 전에 말한 대로 저들은 우리나라 정예 중의 정예. 출신도 실력도 확실한 엄선된 자들이야."

샤를이 모멸감을 숨기지 않고 검은 인영을 보며 강한 자신감이 느껴지는 목소리로 세리아에게 말했다. 그만큼 자랑스러운 부하들이었다.

"저들이 무법자 따위에게 질 리가…… 이 무슨?!"

샤를은 눈앞에 펼쳐진 광경을 보고 아연해서 눈을 크게 떴다. 세리아도 경악하며 눈을 크게 떴다. 그곳에는—.

◇ ◇ ◇

검은 인영은 조금도 주눅 들지 않고 **맨손으로** 여섯 기사들에게 달려들었다.

"얕보지 마라!"

전위 기사 네 명이 무기를 들지 않은 검은 인영을 보고 분노하며 각자 손에 든 검에 힘을 실었다. 타이밍을 재며 정면과 좌우에서 공격하려고 했다.

"뭣…… 크억?!"

정면에 있던 두 기사 중 왼쪽이 갑자기 공격받았다. 검은 인영은 완급을 조절하며 가속해 품에 파고들어 복부를 강타했다.

공격받은 기사의 몸을 보호하는 금속 부분 갑옷이 움푹 파이고 가볍게 몇 미터를 날아갔다. 그 속도에, 그 기습에, 포위망을 꾸린 남은 세 기사들의 몸이 순간 굳어버렸다.

검은 인영은 그 틈을 놓치지 않았다. 왼쪽에 있던 기사가 휘두르려는 검신을 잡아 기세를 죽이면서 세게 비틀었다. 기사가 무심코 검을 놓자 앞으로 파고들어 무릎으로 복부를 찍었다.

"윽?!"

놀랄 틈도 없이 두 번째 기사가 허공을 맴돌며 날아갔다. 다음 순간, 검은 인영은 몸을 돌려 이번에는 남은 두 사람을 향해 달렸다.

"웃, 가세하겠다!"

백업으로 후위에서 대기하던 두 기사가 서둘러 전위로 가세하려고 했다. 그러나 검은 인영은 이미 남은 전위 기사 둘에게 접근한 상태였다.

남은 두 전위 기사는 그들의 사정 범위에 태연자약하게 침입한 검은 습격자에게 혼신의 힘을 다해 검을 휘둘렀다.

"큭……."

그러나 두 기사의 공격 궤도를 간파한 검은 인영은 대담하게 뛰어올라 공격을 피하고 한 기사에게 접근해 공중에서 걷어찼다. 한 방에 상대의 의식을 날려버렸다.

"큭, 커억……."

남은 기사가 땅에 착지하고 뒤돌아보는 검은 인영에게 수직으로 검을 내려쳤다. 검은 인영은 오른쪽 앞으로 회피해 검을 피하고 주먹으로 중단 지르기를 먹였다. 복부에 지르기를 먹은 기사는 그대로 날아가 다른 기사들처럼 전투불능에 빠졌다.

이제 백업으로 대기하던 두 기사만 남았다. 적을 포위한 전위 넷이 자신들이 가세하기 전에 전멸하자 그들은 적잖이 감속해버렸다.

검은 인영은 후드를 깊이 눌러쓰고 후위 기사들 뒤에 있는 세리아가 탄 마차를 향해 힘차게 달렸다.

"온다!"

후위에 대기하던 호위 기사대장이 검은 인영을 막기 위해 자세를 잡았다.

"하아아앗!"

그러자 다른 후위 기사가 기합을 지르며 달려 나갔다. 호위 기사대장의 옆을 지나 그대로 검은 인영을 향해 돌진했다.

"멍청한 녀석, 기다려!"

기사대장이 황급히 돌격하는 부하에게 고함을 질렀다. 그러나 이미 늦었다.

검은 인영은 부주의하게 달려든 기사를 향해 뛰어올랐다. 공중에서 몸을 틀어 기사의 공격을 피하고 상대방의 목에 두 발을 감았다.

"뭣?!"

기사는 검은 인영의 기세와 무게에 균형을 잃었다.

검은 인영은 뛰어오른 기세를 이용해 기사의 신체 제어력을 빼앗고 힘차게 몸을 회전시켜서 기사를 앞에 있는 기사대장에게 날려버렸다.

"큭?!"

기사대장은 서둘러 옆으로 뛰어 날아오는 기사의 몸을 피했다. 검은 인영은 그 틈에 지면에 착지해 태세를 가다듬고 순식간에 기사대장에게 접근해 명치에 팔꿈치 찍기를 먹였다. 기사대장은 그대로 날아가 바닥에 쓰러져 기절했다.

호위 기사들과 대치한 시간은 아주 짧았다. 그러나 검은 인영과 세리아가 탄 마차를 가로막은 존재는 이제 아무도 없었다.

검은 인영은 그 틈을 놓치지 않고 다시 달렸다. 마차 앞에서 높이 뛰어올라 마차에 서 있는 세리아와 샤를의 눈앞

에 깔끔하게 착지했다.

"이, 이, 컥, 헉?!"

샤를이 검은 인영을 공격했으나 간단하게 마차 바닥에 때려눕혀졌다. 마차 위에 서 있는 사람은 검은 인영과 세리아뿐이었다.

"아, 저기…… 어?"

위축된 세리아가 그 자리에 못박혀있자 검은 인영은 품에서 나이프를 꺼냈다. 그는 세리아를 뒤에서 붙잡고 목덜미에 나이프를 댔다.

그 광경을 목격한 사람들이 "뭣?!" 하고 일제히 숨을 집어삼켰다. 세리아는 뭐가 어떻게 된 건지 이해하지 못하고 몸을 움츠렸다.

"네, 네 이 놈! 세리아를 놔라! 뭘, 커헉!"

샤를은 세리아가 인질로 붙잡힌 것을 알고 엎드린 상태로 당황해서 소리 질렀다. 검은 인영이 세리아를 끌어안은 채 샤를의 등을 밟자, 때려눕혀질 때 가슴을 부딪친 샤를이 말하는 중간에 기침을 해버렸다.

"세리아! 이보게, 누군가 세리아를!"

세리아의 아버지 로랑 크렐이 제단으로 이어지는 계단 부근에 설치한 가족석에서 뛰쳐나와 안색을 바꾸고 소리 질렀다.

"큭, 저 어리석은 놈이 우리 가문을 망신시키다니……."

아르보 공작도 아들의 추태를 보고 분노하며 얼굴을 일

그러프렸다.

"기, 기다려주십시오! 두 사람이 위험합니다. 범인을 자극하지 마십시오!"

병사들이 황급히 크렐 백작과 아르보 공작을 말렸다.

"에에잇! 놔라! 경비태세를 완벽히 갖추지 않았나?!"

그러나 로랑은 거세게 소리쳤다.

검은 인영은 후드 너머로 주변 상황을 확인했다.

「세리아 선생님, 리오예요. 소란을 일으켜서 죄송하지만, 주변이 혼란스러운 동안, 사정을 설명하고 대화하고 싶으니 잠시만 조용히 해주세요.」

그리고 정령술 염화를 이용해 세리아에게 말을 걸었다.

"웃?!"

세리아는 숨을 삼키고 얼굴을 굳혔다. 아까 아이시아와 염화를 나눈 덕에 내성이 생겼는지 심하게 놀라지는 않고 사정을 파악하고 소리 내지 않았다. 심각한 얼굴로 리오의 말을 기다렸다.

「일단, 저는 염화라 불리는 수법으로 선생님의 의식에 말을 걸고 있어요. 이건 상대와 접촉하지 않으면 사용할 수 없어서 주위 견제를 겸해 한동안 이대로 구속하고 있겠습니다. 참고로 강하고 명확하게 생각하면 제게도 선생님의 목소리가 들리니까 뭔가 물어볼 게 있으면…….」

리오는 주위를 경계하며 세리아에게 설명했다.

「역시 네 짓이었구나?! 이게 어떻게 된 일이야?!」

설명을 시작하자마자 세리아가 리오에게 물었다.

"네, 네 이 놈, 언제까지 나를 밟고 있을 셈이냐?! 소속을 말해라. 목적이 뭐냐?!"

리오가 세리아의 질문에 대답하기 전에 짓밟힌 샤를이 기다리다 지쳐 안절부절못하며 아우성쳤다.

리오는 작게 한숨을 내쉬었다.

"닥쳐, 나는 네게 원한이 있다. 지금 어떻게 할지 생각 중이야. 아예 이대로 등뼈를 짓밟아 부숴도 상관은 없지만."

그렇게 말하고 샤를을 밟은 발에 힘을 실었다.

「자, 잠깐만, 리오?!」

「안심하세요. 아무도 죽이지 않을 거예요. 교란을 겸한 연기예요. 좀 시끄러워서.」

「으, 응…….」

리오의 설명에 세리아가 쭈뼛쭈뼛 대답했다.

"큭……."

샤를은 등에 실리는 무게에 생명의 위험을 느꼈는지 갑자기 입을 다물었다.

한편, 주변은 무척 어수선했다. 하객을 피난시킴과 동시에 마차를 에워싸며 포위망을 펼치는 중이었다. 인질로 잡힌 샤를과 세리아의 목숨을 생각해 함부로 자극하는 짓은 하지 않았다.

「시간이 없으니 당장 이야기를 마치죠. 결혼 전에 하나만 더 선생님의 의사를 묻고 싶어요. 저는 그 때문에 이곳에 온 거예요.」

「그, 그 때문이라니. 이런 짓을 하고 어쩔 셈이야?! 너, 체포당할 거야?!」

리오가 담담히 용건을 밝히자 세리아가 초조하게 소리쳤다.

「선생님의 의사를 묻고 싶다고 했어요.」

역시나 리오는 초조해하지 않고 의연하게 말했다.

「무, 무슨. 말했잖아, 나는…….」

세리아는 리오의 기백에 눌렸는지 속이 탄다는 듯이 얼굴에 그림자를 드리웠다.

「속이려 하지 마세요. 이 정략결혼의 배경은 대략 파악했습니다. 크렐 백작가에 혐의가 씌워지고 아르보 공작가에게 반쯤 협박받은 것도요. 선생님이 어떤 상황에 처했는지 잘 알아요.」

리오는 가진 정보를 다 내놓으며 세리아가 무엇을 걱정하는지 알고 있다고 말했다.

「윽, 어, 어디서, 그걸?!」

세리아가 놀라서 안색을 바꾸고 물었다.

「위험한 다리를 건넜어요. 하지만 그런 거, 지금은 아무래도 좋아요.」

리오는 냉정하게 질문을 잘랐다.

「아, 아무래도 좋다니…….」

지금 나눈 짧은 대화만으로도 묻고 싶은 게 많았지만,

리오의 고압적인 말투에 세리아는 말문이 막혔다.

「……말해주세요. 자신을 희생할 필요가 없다고 가정하고, 그래도 선생님은 이 남자와 결혼하고 싶습니까? 제가 선생님에게 묻고 싶은 건 그것뿐입니다.」

리오는 마치 세리아의 마음속을 전부 꿰뚫어본 것처럼 발밑의 샤를을 보며 도도히 물었다.

「물어서…… 어떡하려고?」

세리아는 가냘프게, 겁 먹은 것처럼 의문을 꺼냈다.

「선생님이 바란다면 제가 이 결혼을 막겠어요. 선생님이 각오하고 이 정략결혼을 받아들인 것처럼, 저도 각오하고 왔습니다.」

리오는 결연하게 말했다.

「……억지야.」

「억지라는 것도, 오만이라는 것도, 아주 잘 알아요. 애당초 제가 이렇게 선생님의 결혼에 참견하는 것 자체가 부당하니까요.」

「잘 알고 있으면서, 왜…… 왜 이런 짓을 해?」

세리아가 머뭇거리며 물었다.

「제가 납득할 수 없기 때문이에요. 선생님은 제 소중한 은인이니까. 오늘 이 순간, 이곳에 오지 않았으면 저는 분명 평생 후회했을 거예요. 아무것도 하지 못하고 소중한 무언가를 빼앗기는 건 싫습니다. 저는 그런 식으로 소중한 무언가를 잃고 크게 후회한 적이 여러 번 있으니까…….

한 번 잃은 것은 두 번 다시 원래대로 돌이킬 수 없지만, 잃기 전이라면 아직 시간이 있어요.」

리오의 말은 시원스러울 만큼 이기적이었다.

「윽……!」

하지만 어째서인지 세리아에게는 리오의 말이 무겁게 다가왔다.

리오의 말에 마음이 세차게 흔들렸다.

「선생님의 존엄성이 사는 내내 짓밟히는 미래가 보이는데 그저 보고만 있으라니, 저는 못 참아요. 선생님은 이 결혼으로 행복해지나요? 행복해진다면 저는 이곳을 떠나겠습니다. 선생님 앞에 두 번 다시 나타나지 않겠어요.」

리오는 담담히 말했다. 행복해진다고 단언할 수 있는 각오와 자신이 세리아에게 있다면 리오도 물러날 결의와 각오를 다졌다. 하지만 망설인다면 이야기가 달랐다. 억지든, 오만이든, 밀어붙인다.

「윽, 그건……!」

세리아는 명백하게 망설였다.

「선생님은 망설이고 있어요. 제게는 그렇게 보여요.」

리오는 단도직입적으로 잘라 말했다.

「하, 하지만, 내 생각이 틀렸을지도 몰라. 내가 내 마음을 우선하면 다른 사람들에게 피해를 줄 수도 있어. 그건 옳은 일이야?!」

세리아는 망설이며 필사적으로 호소했다. 그것은 그녀

가 이 결혼을 바라지 않는다는 본심을 드러낸 것과 다름없었다.

리오는 살며시 미소 지었다.

「……몰라요. 하지만 이 결혼이 정말 옳다면 선생님은 그런 표정을 짓지 않았을 테죠.」

그리고 고개를 저으며 딱 잘라 말했다.

「윽…….」

세리아는 마음이 심하게 흔들렸는지 울 것처럼 얼굴을 일그러뜨렸다.

「선생님, 말해주세요. 제가 선생님의 바람을 이루어드릴게요. 그것이 오만이라 하더라도, 저는 그것을 밀어붙일 수 있는 힘이 있어요. 그러니까, 포기하지 마세요.」

리오는 강하게 호소했다.

「뭐야, 그게…….」

세리아는 기가 막힌 것처럼 쓴웃음을 지었다.

「내가 결혼하고 싶지 않다고 하면 어떻게 할 거야?」

그리고 약하디 약하게 질문했다.

「……선생님을 **납치해서** 도망치겠습니다. 크렐 백작가의 지위가 향상될지는 모르겠지만, 적어도 그것 때문에 책임을 추궁 받지는 않을 거예요.」

많은 사람들의 눈 앞에서 신부가 납치되어 어쩔 수 없이 결혼을 이행할 수 없게 되면 크렐 백작가에 책임을 물을 수 없었다. 오히려 경비 책임을 맡은 아르보 공작가에게 비난이 쏠리리라.

「이미 이런 일을 저질렀으니……. 이런 상황에서도 정말 해낼 자신이 있는 거구나.」

세리아는 그렇게 말하고 아랫입술을 깨물었다. 자신을 납치하겠다는 리오의 말을 의심하는 기색은 없지만, 표정에서 희미한 망설임이 엿보였다. 가족과 귀족의 책임을 방치한다는 가책 때문에 근심하는 것일까.

리오는 세리아의 근심을 눈치채고 입을 열었다.

「선생님이 샤를과 결혼해서 완수하려던 목적은 이미 최소한 완수하지 않았어요? 물론 이 나라를 떠나면 선생님은 가족과 귀족사회에서 격리되지만, 원하신다면 가족과 재회해서 다시 귀족으로 살 수 있도록 가능한 한 도울게요.」

가령 **지금 세리아가 납치되더라도** 이미 양가 사이에는 어느 정도 사회적 접촉 관계가 형성됐다. 때문에 반드시라고 할 수는 없지만, 아르보 공작가가 크렐 백작가를 잘라버리기 어려워진 것은 분명했다.

「……아하하, 여기서 도망치고 돌아와서 모든 걸 원래대로 돌려놓으려 하다니, 그건 너무 많은 걸 바라는 거라고 해야 하나, 너무 나한테만 좋은 얘기 아닐까?」

하지만 세리아는 자신이 없는지 가냘프게 웃었다.

「아뇨, 선생님이라면 있어야 할 상태로 돌아가는 것쯤은 반드시 할 수 있어요.」

리오는 망설임 없이 단언했다. 눈이 부실 만큼 올곧아서,

세리아에 대한 티끌 한 점 없는 기대와 신뢰가 전해져서―.

「…….」

세리아는 눈물이 날만큼 기뻤다. 요즘 계속 몽롱하던 마음이 단번에 맑게 개었다. 지금이라면 무엇이든 할 수 있을 것 같았다.

「이상입니다. 이런 저런 말을 했지만, 선생님의 인생은 어디까지나 선생님의 인생이에요. 제가 참견은 하더라도 강제로 시키고 싶지는 않아요. 그러니까 마지막은 선생님이 정해주세요. 아, 나이프를 겨누고 할 말은 아니지만요.」

리오가 최종판단을 세리아에게 넘기고 쓴웃음을 지었다.

「있잖아, 리오.」

리오를 부르는 세리아의 마음은 이미 정해졌다.

「네.」

리오는 대답하고 답을 기다렸다. 과연―.

「나를, 납치해줘. 왕도 밖으로 데려가줘.」

새장 속의 새는 해방됐다. 그것은 틀림없는 세리아의 본심이었다.

「제게 맡겨두세요.」

리오는 진심으로 기뻐하며 결연히 고개를 끄덕였다.

정령환상기

【 제 6 장 】 ❋ vs 벨트람 왕국군

　그 직후.

　"정했다."

　리오는 발밑에 있는 샤를을 향해 갑자기 중얼거렸다.

　"윽?! 서, 설마 나를 죽이겠다는 거냐?!"

　샤를은 몸을 떨며 상기된 목소리로 소리 질렀다.

　"아니, 망신당하게 해주마. 모두가 보는 앞에서 이 사람을 납치하겠다. 네 결혼 상대지?"

　리오가 노골적으로 샤를을 도발했다. 샤를은 그 말의 의미를 즉시 이해하고 얼굴을 새빨갛게 붉혔다.

　"윽, 네, 네 이 놈! 도망칠 수 있을 거라 생각하나, 이 상황에서?!"

　샤를은 격앙해서 화를 냈다. 마차 주위는 이미 벨트람 왕국군의 대부대가 둘러쌌다. 그 수가 수백 명. 증원이 오면 그 수는 더욱 늘어난다.

　"그럼 잡아봐. 네가 그럴 수 있다면."

　리오는 비웃으며 말하고 나이프를 거두어 세리아를 공주님처럼 안았다.

　"꺄, 어, 어……? 아, 으, 으음…… 샤, 샤를 님?!"

　세리아는 리오가 갑자기 자신을 안자 뺨을 붉히고 혼란스러운 척하며 샤를을 불렀다. 효과는 대단했다.

"세, 세리아?! 젠장, 네 이 놈!"

짓밟힌 샤를이 분노하며 버둥거렸다.

"세리아?!"

병사에게 제지당한 세리아의 아버지 로랑도 참지 못하고 소리 질렀다.

'죄, 죄송해요, 아버님. 반드시 찾아뵙겠습니다…….'

세리아는 애달프게 얼굴에 그림자를 드리우고 로랑을 향해 있는 힘껏 미소 지었다.

"……뭐? 세리아?"

로랑은 자기도 모르게 힘이 빠져 우두커니 멈춰 서버렸다. 다음 순간―.

「갑니다!」

리오는 염화로 세리아에게 말하고 마차에서 뛰어내렸다.

"윽, 놓치지 마라!"

샤를은 황급히 소리 치고 일어섰다. 하지만 리오는 이미 세리아를 안고 지면에 착지해 창을 겨눈 병사들을 향해 달릴 기세였다.

"움직이지 마!"

"너희들, 왜 멍하니 있는 거냐?! 빨리 움직여!"

본래 병사들을 지휘하던 남기사의 명령과 허둥거리며 포위망을 둘러싼 병사들에게 소리 지르는 샤를의 명령이 겹쳤다.

병사들은 두 사람의 상반된 명령에 당황하면서도 대다

수는 샤를의 명령에 반응해 창을 겨누고 리오에게 다가갔다. 리오는 겁먹지 않고 보조가 흐트러진 병사들을 향해 달리는 속도를 올렸다.

"윽?!"

그러자 오히려 창을 겨눈 병사들이 겁을 먹고 말았다. 리오에게 달려가던 속도를 줄이고 순간적으로 창끝을 아래로 내렸다.

"윽, 안 돼! 녀석은 포위망을 뛰어넘을 생각이다! 다시 창을 겨눠라!"

원래 병사들을 지휘하던 남기사가 즉시 소리 질렀다. 하지만 이미 늦었다. 리오는 충분히 도움닫기를 밟았는지 병사들의 창 사정권에 들어가기 직전, 있는 힘껏 도약해 포위망을 가볍게 뛰어넘었다.

"……뭐, 뭐하는 거냐?! 너희들은 이렇게 무능한가?! 어서 붙잡아!"

샤를은 어안이 벙벙해 있다가 황급히 포위망을 향해 소리쳤다.

"《광탄마법》."

그러자 포위망 한쪽에 서 있던 마도사들 중 일부가 주문을 외워 머리 위에 있는 리오를 향해 빛 탄환을 쐈다. 빛 탄환은 리오에게 명중하지 않았다.

"멍청한 놈, 쏘지 마! 세리아에게 맞으면 어떡하려고?! 쫓아라! 붙잡아! 그리핀으로 하늘에서도 쫓아, 공전기사단을 움직여!"

샤를이 마구 소리 지르며 지시를 날렸다.

그 직후, 가볍게 20미터는 뛰어오른 리오가 포위망 범위 밖에 산뜻하게 착지했다. 마법으로 신체능력을 강화한 기사의 도약거리를 두 배나 크게 뛰어넘는 거리였다. 그 엄청나게 경이적인 비거리에 포위망을 갖춘 병사들이 아연실색했다. 리오는 그 틈에 다시 달렸다.

병사들은 어안이 벙벙해서 리오의 뒷모습을 쳐다봤다. 하지만 그리핀을 탄 공전기사단들은 상공에서 바로 대응해 리오를 추적했다.

"모두 들어라! 이미 공전기사단이 놈을 추적하고 있다. 지금부터 동원할 수 있는 모든 군을 동원해 즉시 왕도에 포위망을 펼친다. 먼저, 통신병은 원격통신 마도구로 다음 사항을 전달해라. 수배자는 웨딩드레스를 입은 여성을 안고 있고, 높은 확률로 강력한 신체강화마술을 담은 고대 마도구를 소지했다. 일반병사는 녀석의 발목도 못 잡는다. 전투는 신체능력을 강화할 수 있는 기사에게 시키라고 전해라!"

처음에 지휘를 맡았던 남기사가 큰 소리로 어수선한 부대를 불러 지시를 내리기 시작했다. 그러자 침착함을 잃었던 병사들이 이성을 되찾았다.

"네, 넷, 당장 시작하겠습니다!"

명령을 받은 통신병도 허둥지둥 움직였다.

"여기 있는 자들은 계속 회장 경비를 맡아라. 일단 지휘는 바네사, 네게 맡긴다. 각 소대장과 연계해서 잘 굴려봐라."

지휘를 맡은 남기사가 옆에 서 있던 여기사 바네사 에마르에게 이어서 명령했다.

"넷, 알겠습니다! 오라버님."

바네사가 기민한 동작으로 경례했다.

"너, 너 이 자식, 알프레드! 습격자를 놓치고 뭘 멋대로 지휘하는 거냐?!"

그러자 마차에서 샤를이 내려와 지휘를 맡은 남자 알프레드 에마르를 물고 늘어졌다. 알프레드는 작게 한숨을 내쉬었다.

"멋대로 지휘를 맡은 건 너지. 조금 전, 이미 내가 지휘를 맡은 포위망에 명령을 내려 지휘계통을 어지럽히지 않았나?"

그리고 어이없다는 듯이 탄식하고 항의했다.

"애, 애초에 네게 회장 경비 지휘권을 넘긴 적 없어!"

"그래, 너와 기절한 네 놈 부하가 경비 책임자였어. 너와 그가 지휘하지 않기에 입장 상, 내가 지휘할 상황이라고 판단했다만……."

"큭……."

샤를은 불리하다 싶었는지 분해하며 입을 다물었다.

"뭐, 됐어. 그보다 습격자에 관한 단서는 잡았나? 목적은?"

알프레드는 샤를의 트집을 받아넘기고 신속하게 일을 진행했다.

"……내게 원한이 있다고 했어."

샤를이 혀를 차고 대답했다.

"그것 참, 용의자가 많겠네."

"시, 시끄러워! 그딴 것보다 너도 어서 놈을 쫓아! 잡아와!"

작게 한숨을 내쉰 알프레드에게 샤를이 화를 내며 명령했다.

"그럴 거다. 왕국의 위신에 이렇게나 흠집을 냈으니. 이곳은 바네사에게 맡기고 앞으로의 전체 지휘는 네게 맡겨도 되겠지?"

"당연하지!"

"그럼 맡긴다? 난 간다."

알프레드가 그런 말을 남기고 힘차게 땅을 박차고 달렸다. 주문을 외우지 않았는데도 속도가 신체능력을 강화한 기사보다 빨랐다.

"빨리 가! 젠장, 젠장, 젠장!"

샤를은 소리 지르며 알프레드가 가는 건 보지도 않고 발을 동동 굴렀다. 그래서 용사 루이 시게쿠라가 몰래 알프레드를 뒤따라가는 것을 알아차리지 못했다.

한편, 정원 구석에 모인 하객 중에는 프로키시아 제국 대사 레이스도 있었다. 소란스러운 정원 안쪽 상황과 샤를을 유쾌하게 응시했다.

'사태가 정말 재미있어졌는데 유감스럽군요. 대사로 보호받는 중이니 이곳을 빠져나갈 수는 없겠죠? 저런 엄청난 일을 저지른 습격자의 정체와 마지막까지 모습을 보이지 않은 정령이 무척 흥미롭습니다만…….'

레이스는 탄식하고 지켜볼 수밖에 없는 현재 상황을 한탄했다. 그의 관심이 정체를 감춘 리오와 아이시아 콤비에게 향했다.

그 무렵, 리오는 왕도 서쪽을 향해서 귀족 거리 지붕 위를 달리고 있었다. 귀족 거리 주민은 대부분 세리아의 결혼식에 참가한지라 집을 보는 사용인 정도만 남아 있었다. 때때로 지상을 순회하던 경비 기사와 병사에게 목격됐지만, 그들은 리오를 볼 수는 있어도 쫓는 것은 어림도 없었다.

단, 상공에서 그리핀을 탄 공전기사단만은 지붕 위를 달리는 리오를 놓치지 않고 쫓아왔다.

「자, 잠깐, 리오! 빨라, 너무 빠른데?!」

현기증이 난 세리아가 허둥지둥 염화로 리오를 불렀다.

「네, 꼭 잡아주세요. 하늘을 나는 그리핀 부대는 조금 귀찮으니까 속도를 더 올릴게요.」

리오는 그렇게 말하고 세리아를 더 세게 안았다.

「아, 알았어!」

세리아도 머뭇거리며 리오에게 밀착했다. 그 몸이 예상 이상으로 근육질이랄까, 늠름해서 세리아가 모르는 공백 기간 동안의 성장이 엿보였다.

'……멋진 남자가 됐구나, 리오.'

세리아는 기뻐서 무심결에 그런 생각을 했다.

「고맙습니다.」

그러자 리오가 부끄러워하며 고마움을 표했다.

「……응? 아, 지금 생각한 거 들렸어?!」

세리아가 깜짝 놀라 뺨을 붉혔다. 설마 문득 떠오른 생각까지 전달되다니, 엄청 부끄러운 말을 해버리지는 않았을까 걱정됐다.

「아하하, 계속 접촉하고 있어서 일시적으로 서로의 감도가 좋아졌나 봐요. 그렇게 명확하게 전달하려 하지 않아도 전해지는 모양이에요.」

「정말, 그런 거 아냐! 아, 있지, 나, 이거 말고 다른 이상한 생각 안 했지?!」

리오가 사정을 설명하자 세리아가 당황해서 변명하기 시작했다.

「……네, 딱히.」

「지금 그 침묵은 뭐야?!」

「하하, 별 뜻 없어요.」

리오는 즐거워하며 웃었다.

「아, 정말!」

세리아는 부끄러워하며 입을 내밀었다.

「지금 속도에 좀 익숙해지셨어요?」

리오가 세리아를 걱정하며 물었다.

「응, 괜찮아. 리오 덕분에 익숙해졌어. 더 빨라져도 문제없어.」

세리아는 아까 나눈 대화가 당황해서 허둥지둥하던 자신을 신경써준 것임을 알고 기쁜지 미소 지었다.

「그럼, 말씀에 따라.」

리오는 달리는 속도를 한 단계 올렸다.

「얼마나 빠르게 달릴 수 있어?」

세리아가 머뭇머뭇 물었다.

「마음만 먹으면 더요. 근데 길이 평탄해야 돼요. 장애물도 있는 지붕에서는 이 정도가 좋아요.」

「그렇구나, 어떤 마술을 썼기에…….」

「그건 차차 설명할게요. 이렇게 달려도 떼어내는데 시간이 걸릴 것 같으니까 일단 지상 골목길로 내려갈게요. 거기서 배턴터치를 할 거니까 나중에 합류하죠.」

「배, 배턴터치? 나중에, 합류……?」

리오의 갑작스러운 설명에 세리아가 의아해하며 고개를 갸웃거렸다.

「작전이에요. 사전에 봐둔 곳이 있어요. 그리고 사실 협력자가 있는데, 처음에 선생님에게 염화를 쓴 아이가……

아, 저기예요.」

리오는 중간까지 사정을 설명하다 지붕에서 갑자기 뛰어내렸다. 세리아가 몸을 웅크리고 착지에 대비했다. 리오는 바람의 정령술로 골목길 바닥에 가볍게 착지했다.

참고로 이 주변은 귀족 거리를 둘러싼 성벽과 가깝고, 귀족을 섬기는 준귀족이 사는 구역이었다. 이 골목이 막다른 곳임은 사전에 확인했다. 줄줄이 늘어선 건물이 밀집한 구역이라 상공에서는 잘 볼 수 없을 터였다.

"아이시아."

리오는 그늘에 숨어서 지금까지 영체화해 있던 파트너를 불렀다. 그러자 빛 입자가 모여 아름다운 소녀를 본떴다.

"뭐?!"

갑자기 나타난 아이시아를 보고 세리아가 놀라서 눈을 동그랗게 떴다.

"아이시아. 예정대로 선생님을 데리고 왕도 밖으로 도망쳐줘. 내가 시간을 벌게."

한편, 리오는 침착하게 아이시아에게 말했다.

"알았어."

아이시아는 꾸벅 고개를 끄덕이고 리오에게서 세리아를 받아 안았다.

"어, 어? 잠깐, 어떻게 된 거야?!"

세리아는 아이시아에게 공주님처럼 안긴 채 말했다.

"지금 말한 대로예요. 제가 적당히 미끼가 돼서 시간을 벌 테니 선생님은 그 틈에 아이시아와 함께 왕도 밖으로 탈출하세요. 나중에 반드시 합류할 테니 걱정 마시고요. 그리고 이 아이 이야기는…… 움직이면서 본인에게 들으세요. 믿을 수 있는 아이예요."

리오는 요점만 간추려 세리아에게 설명했다.

"어, 자, 잠깐만, 위험해! 네가 분명 강하긴 하지만, 상대는 군대라고?!"

세리아가 황급히 리오를 불러 세웠다.

"괜찮아요. 시가지라면 얼마든지 가능해요. 선생님을 잘 부탁해, 아이시아. 우리가 가진 패를 숨기고 싶으니까 하늘을 날더라도 목격되지 않도록 해."

리오는 가볍게 말하고 발길을 돌려 건물 그림자 밖으로 나갔다.

"응, 내게 맡겨."

아이시아는 깊이 고개를 끄덕였다.

리오도 힐끗 뒤를 돌아보고 꾸벅 고개를 끄덕였다. 그리고 마지막으로 뭔가 말하려는 세리아에게 다정한 미소를 보내고 다시 지붕 위로 뛰어 올라갔다.

리오가 곡예사처럼 지붕 위로 돌아가자 상공을 선회하던 공전기사단이 바로 리오를 포착했다.

"찾았다! 놈입니다, 틀림없습니다!"

"하지만 세리아 님이 안 계십니다!"

"흥, 궁지에 몰려서 자포자기라도 했나? ……놈이 나온 골목길은 막다른 곳이군. 주변 주택을 포함해 골목길을 탐색하라고 지상 부대에 전달해라. 신호탄!"

공전기사대장은 상공에서 리오가 나온 골목길을 응시하고 상황을 분석해 즉시 명령을 내렸다.

"《신호탄마법》."
시그널플레어

그러자 열 마리 넘게 있는 그리핀의 반이 선회함과 동시에 상공을 향해 강력한 발광탄을 쏘는 마법을 썼다.

'……동료를 불렀나. 예상대로야. 이제 내가 요란하게 추격대를 유인하면 돼.'

리오는 상공의 그리핀을 응시하며 마음을 다잡고 심호흡했다.

"《광탄마법》."

상공의 기사들이 그리핀을 활공시키며 지붕 위에 서 있는 리오를 향해 일제히 공격마법을 쏘기 시작했다. 무수한 빛 탄환의 비가 리오 위로 쏟아져 내렸다.

그러나 리오는 가볍게 움직여 쏟아지는 빛 탄환의 비를 피했다.

"아, 안 맞아!"

"젠장, 왜 이렇게 날쌔?!"

기사들이 초조한지 얼굴을 찌푸렸다.

"당황하지 마라. 강력한 신체강화마술이 담긴 고대 마도구를 갖고 있겠지. 우리는 녀석을 잡아두기만 하면 돼. 그 사이에 지상에 증원이 올 거다. 계속 공격해라."

부대 지휘관을 맡은 대장이 침착하게 지시를 내렸다.

"《광탄마법》."

기사들은 지휘에 따라 다시 리오를 향해 빛 탄환을 쏘기 시작했다. 리오는 리오대로 상대방의 뜻대로 행동하며 지상의 증원이 달려올 때까지 적당히 공격을 피하며 시간을 벌었다.

1분 정도 지나자 증원 기사 분대가 왔다. 수는 딱 열 명. 건물이 밀집하긴 했지만, 통로가 넓고 전망이 좋아서 증원 기사들은 바로 세리아가 숨겨져 있을 뒷골목을 찾았다.

"저곳인가. 가자!"

분대장으로 보이는 남기사가 곧장 뒷골목 입구를 가리켰다.

'내버려둘까 보냐.'

리오는 증원부대의 움직임을 알아차리고 지붕에서 뛰어내려 뒷골목 입구를 막았다.

"뭣?!"

기사들이 갑자기 눈앞에 나타난 리오를 보고 당황했다.

리오는 그 틈을 놓치지 않고 기사들이 검을 뽑기 전에 돌격했다. 기습적으로 분대장의 명치에 중단 지르기를 먹이고, 뭉쳐 있는 탓에 공격에 제약이 걸린 기사들에게 일방적으로 맨주먹 공격을 먹었다. 순식간에 여섯 명의 기사가 전투불능에 빠졌다.

하지만 연이어 다음 일개 분대가 오는 것이 멀리서 보였다.

'역시 수가 많아.'

리오는 외투 속에서 단검 두 자루를 꺼내고 일단 뒤로 물러나기로 했다. 그러자 상공에서 빛 탄환이 쏟아졌다.

"……어이쿠."

리오는 지그재그 움직이며 빛 탄환을 피해 뒷골목 입구로 후퇴했다. 그곳에서 추격하듯이 지상의 기사 넷이 공격했다.

다음 순간, 리오는 겁먹지 않고 앞으로 파고들어 정면에서 공격하는 네 기사에게 돌격했다. 기사들의 공격을 양손에 든 단검을 휘둘러 막아내고 몸을 틀어 피한 뒤, 돌려차기를 먹여 한 사람을 격침시켰다. 리오는 그대로 치고 빠져서 다시 거리를 뒀다.

"큭! 쉴 틈을 주지 마라! 증원이 온다! 조금이라도 체력을 소모시키자!"

"음!"

남은 한 기사가 소리치자 다른 둘도 눈짓으로 연계를 맞추며 정면과 좌우 세 방향에서 일제히 리오를 공격했다. 그들의 의지를 건 총력전이었다.

그러나 리오 또한 시간벌기 역할을 다하겠다는 각오를 다지고 이곳에 있었다. 물러날 생각은 추호도 없었다. 양손에 든 단검을 휘둘러 다방면에서 공격하는 기사들의 맹공을 교묘하게 피했다.

리오는 숫자가 불리함에도 몇 번씩 무기를 부딪칠 때마다 한 사람, 두 사람, 세 사람, 확실하게 상대방을 타격해서 의식을 빼앗았다. 하지만 쉴 틈도 없이 다음 기사 분대가 도착했다.

'아무도 안 죽이기는…… 힘들지도 모르겠어.'

리오의 표정이 험악해졌다. 세리아를 위해 이 전투에서 사람을 죽이고 싶지 않았지만, 자신의 패를 숨기고 압도적인 물량을 상대하며 싸우는 건 역시 벅찼다. 이대로 계속 증원이 오면 집단전투용 정령술을 사용해야 할지도 모른다.

'하지만 허세 부렸는걸. 뒷맛을 나쁘게 만들고 싶지 않아.'

리오는 포기하지 않았다. 세리아에게 포기하지 말라고 한 것은 자신이었다. 그런 자신이 먼저 포기할 수는 없었다. 설령 그것이 그림에나 나올 비현실적인 일이라 해도 밀고 나가기로 했으니까.

"윽?!"

리오는 전방에서 따끔한 기분 나쁜 기척을 느끼고 즉시 옆걸음질 쳤다. 그 직후, 번쩍. 맞는 순간 기절할 정도로 대담한 전격이 스쳐 지나가며 리오가 있었던 뒤쪽 바닥을 뚫었다.

'저건…….'

리오는 아득히 멀리 있는 첨탑 위에서 활을 겨누고 있는

소년을 봤다. 그 소년의 이름은 루이 시게쿠라. 벨트람 왕국성에 소환된 용사였다. 루이는 기습 저격에 실패하자 놀랐는지 조금 멍한 얼굴로 눈을 크게 뜨고 있었다.

'저 거리에서 계속 공격하면 성가시겠어.'

리오는 냉정하게 생각했다. 자신도 손에 든 패를 내보이고 정령술로 저격해야 하나 싶은 생각이 순간 들었지만, 행동으로 옮기지는 않았다.

"거기까지다. 지금부터 너를 구속하겠다."

왜냐하면 리오의 코앞에 한 기사가 서 있었기 때문이었다. 기사들은 새로 나타난 기사의 정체를 바로 알아차리고 눈을 반짝거리며 기사의 이름을 불렀다.

"아, 알프레드 님!"

'……알프레드? 『왕의 검』과 이름이 같아. 굉장히 강할 것 같아.'

리오는 알프레드가 평범한 사람이 아님을 바로 간파했다. 여하튼 나타나자마자 숨길 생각도 않고 리오에게 무시무시한 검기를 방출하기 시작했으니까.

"사상자가 늘어날 뿐이다. 너희는 물러나 있어. 그리고 머리 위에 있는 공전기사에게 용사님께 협력해주셔서 감사하다고 전해달라고 부탁해."

알프레드는 주변에 쓰러진 기사들을 보며 다른 기사들에게 말하더니 멀리 뒤에 솟은 첨탑 위에 서 있는 루이 시게쿠라를 힐끗 쳐다봤다.

루이는 첨탑 위에서 상쾌하게 쓴웃음을 짓고 어깨를 으쓱했다.

"넵, 알겠습니다!"

뒤에 있던 기사들이 기민하게 고개를 끄덕이고 알프레드와 거리를 뒀다.

"흡—."

알프레드는 순식간에 리오에게 접근했다. 물 흐르는 듯한 동작으로 검을 뽑아 전광석화처럼 선제공격을 했다.

키잉, 날카로운 금속음이 울려 퍼졌다. 리오가 양손에 든 단검으로 알프레드의 검을 막았다. 찰나의 공방에 관전하던 기사들은 숨을 삼켰다.

그러나 리오와 알프레드의 전투는 이제 막 시작됐을 뿐이었다.

두 사람은 일단 서로 무기를 거둔 뒤, 다시 무기를 휘둘러 눈으로 좇을 수 없는 공방을 펼쳤다.

무기의 무게와 공격 거리, 그리고 일격의 위력에서 앞선 알프레드에 비해 리오는 재빠른 속도로 승부를 노려야 했다. 리오는 기선을 제압하듯이 단검을 휘두르며 알프레드의 묵직하고 날카로운 공격을 피했다.

검과 검이 부딪칠 때마다 불꽃이 튀었다. 두 사람은 한동안 공격 응수를 펼치다 거리를 뒀다.

'⋯⋯강해. 실력도 좋고 정령술로 강화한 내 움직임을 문제없이 따라와. 저 검에 강력한 신체강화마술이 담겨 있나?'

리오는 알프레드를 똑바로 쳐다보고 그의 전투력을 분석했다. 알프레드도 방심하지 않고 리오를 쳐다보며 의아한 표정을 지었다.

그 직후, 누구 할 것 없이 다시 서로에게 뛰어들었다. 다시 전투가 시작됐다. 알프레드가 리오의 사정권 밖에서 수직으로 검을 내리찍자 리오는 좌우로 단검을 들어 공격을 막았다.

두 사람의 힘이 팽팽히 맞섰다. 순간, 금속이 삐걱거리자 리오는 단검을 밀어내고 알프레드를 들이받았다. 알프레드는 바로 뒷걸음질 쳐서 물러났다.

리오는 기회를 놓치지 않고 힘차게 파고들어 알프레드를 자신의 사정권 안에 넣었다. 그리고 춤추듯이 단검을 휘두르면서 종횡무진 알프레드를 공격했다.

알프레드는 전후좌우에서 수없이 쏟아지는 공격을 검한 자루로 간신히 막았다. 주변 기사들은 숨을 삼키고 눈앞의 격투를 지켜봤다. 두 사람의 전투는 사람의 영역을 벗어나 제삼자가 개입할 여지가 없었다.

"아, 알프레드 님이 밀리고 있어……."

범인의 눈으로는 두 사람의 공격을 따라갈 수도 없었지만, 곁에서 지켜보던 기사들은 공방이 현재진행형으로 리오에게 기울기 시작했다는 것을 알 수 있었다.

계기는 리오가 알프레드를 자신의 사정권으로 들인 것이었다. 그도 그럴 것이, 서로 상대를 사정권에 넣은 경우,

재빠르게 대응할 수 있고 속도가 빠른 무기를 사용하는 리오가 명백하게 유리했던 것이다.

알프레드가 검을 크게 휘두르면, 리오가 공격을 피하는 순간 알프레드는 치명적인 틈을 드러내게 된다. 조금 전부터 리오가 끈질기게 달라붙어 있는 탓에 알프레드는 자유자재로 검을 휘두르지 못하고 리오의 공격을 피하는데 급급했다.

그러나 알프레드의 눈은 결코 초조하지 않았다. 오랫동안 쌓아온 전투경험이 그의 육체를 최적으로 움직이게 했고, 냉정하게 반격 기회를 찾았다.

그 순간, 알프레드가 승부를 걸었다. 리오가 휘두른 단검을 막으며 뒤로 도약해 리오와 거리를 두려고 한 것이다. 리오는 당장 따라붙어 알프레드와 거리를 좁히려고 했다.

"핫—."

알프레드는 그 순간을 노려 자신도 급격히 속도를 올려 앞으로 힘차게 뛰어들었고, 리오를 향해 돌진했다. 그렇다. 뒤로 물러난 것은 페인트. 진짜 목적은 리오의 틈을 만들어 날카롭게 공격하는 것이었다.

"윽?!"

그러나 리오는 리오대로 카운터를 예측했는지 속도를 줄이고 알프레드의 사정권 밖에서 멈췄다. 다음 순간, 알프레드의 검이 하늘을 가르며 리오의 눈앞을 아슬아슬하게 스쳐지나갔다.

그 직후, 리오는 카운터에 대한 반격으로 알프레드에게 접근해 양손에 든 단검을 휘둘러 좌우에서 공격했다.

몸이 앞으로 쏠린 알프레드에게 결코 작지 않은 틈이 생겼다. 리오의 공격이 알프레드의 몸으로 빨려들어 가듯이 날아갔다.

알프레드는 그럼에도 반사적으로 왼쪽 전방에서 날아오는 공격을 검으로 튕겨내고 왼쪽 전방으로 파고들어 오른쪽 전방에서 날아오는 공격을 피하려고 했다.

리오는 거기서 몸을 왼쪽 뒤쪽으로 빙글 회전시켜 그 기세를 이용해 왼손 단검의 손잡이로 알프레드에게 타격을 입혔다.

"윽……."

알프레드는 당장 건틀릿을 장착한 왼손을 뻗어 리오의 강렬한 타격에 직격당하지 않도록 막았다. 치명상은 피했지만, 충격은 제대로 먹혔는지 괴로운 표정을 지었다.

거기서 리오는 더 공격해보기로 했다. 왼손에 든 단검은 일단 거두고 다시 몸을 돌려 양손에 든 단검을 알프레드에게 휘둘렀다.

알프레드는 뒤로 도약해 리오의 공격을 피했다. 왼손이 아픈지 오른손만으로 검을 휘둘렀다. 리오는 땅을 기듯이 알프레드에게 접근했다.

그러자 갑자기 알프레드의 검이 눈부시게 빛나기 시작했다.

"하앗!"

알프레드는 빛을 띤 검으로 눈앞의 땅을 수직으로 내리쳤다. 순간, 충격파와 함께 굉음이 울려 퍼졌다. 그와 동시에 아직 한낮인데도 주변이 빛나는 섬광에 감싸였다.

가까이에서 관전하던 기사들은 자기도 모르게 눈을 감았다. 그리고 밀려오는 빛의 격류와 충격파를 견디며 살짝 눈을 떴다.

"무슨……."

기사들은 눈앞에 펼쳐진 광경에 말을 잃었다. 아까까지만 해도 리오가 달리고 있었던 돌바닥이 광범위하고 깊숙하게 파여 사라지고 모래먼지가 높이 피어오르고 있었다.

한편, 깊이 파인 땅 앞에는 이 현상을 일으킨 알프레드가 홀로 서 있었다. 주변에 리오의 모습은 보이지 않았다.

'……얕보였군. 그 습격자, 나를 죽일 생각이 없었나?'

알프레드는 괴로운 표정을 지었다. 칼날로 공격했어야 할 순간, 손잡이로 공격한 리오의 진의를 헤아릴 수 없었기 때문이었다. 물어보고 싶어도 물어볼 상대는 이곳에 없었다.

'반응이 없었는데…… 도망쳤나? 하지만 골목길로 도망가지는 않았어. 대체 어디로?'

"알프레드 님!"

알프레드가 생각에 잠겨 있는데, 상공을 배회하던 부대에서 그리핀 한 마리가 내려왔다. 지상에서 대기하던 기사들도 줄줄이 달려왔다.

"습격자가 보이지 않습니다! 그 놈은?!"

기사들의 의문은 똑같았다.

"모른다. 이번 공격을 직격으로 맞았으면 흔적도 남지 않았을 테지만……."

알프레드는 얼굴에 그림자를 드리우며 고개를 저었다.

"그, 그렇습니까……."

그러자 기사들은 꿀꺽 침을 삼키고 깊이 파인 땅을 내려다봤다. 파괴된 흔적을 보니 리오가 살아있을 것 같지 않았다.

"지금부터 지상 부대는 뒷골목을 탐색한다. 나중에 온 분대는 부상자를 간호해라. 공전기사단은 계속 하늘에서 탐색하도록. 아직 녀석이 숨어있을지도 모른다. 경계를 게을리 하지 마라."

알프레드는 일단 의문은 접어두고 탐색을 우선하기로 했다.

"넵!"

기사들이 일제히 대답하고 신속하게 행동을 개시했다. 하지만 그 후, 기사들이 뒷골목에서 세리아를 발견하는 일은 일어나지 않았다.

그로부터 약 한 시간 뒤. 왕도 벨트란트에서 동쪽으로

뻗은 길 밖의 구릉지 한쪽에 아이시아와 세리아가 서 있었다. 세리아는 치맛자락을 잡고 안절부절못하며 하늘을 올려다보다 가끔 생각났다는 듯이 아이시아를 보고 몇 번째일지 모를 질문을 던졌다.

"저기, 아이시아. 리오는 정말 괜찮은 거지?"

"괜찮아."

아이시아는 이번에도 차분하게 고개를 끄덕였다.

"이제 곧 올 거야."

그리고 추가로 새로운 정보를 덧붙이고 갑자기 왕도로 이어지는 하늘을 올려다봤다.

"응? 이제 곧 온다니……."

세리아가 갑작스러운 말에 무심코 아이시아의 얼굴을 바라봤다. 그러자—.

"다녀왔습니다."

리오가 바닥에 사뿐히 착지하고 후드를 벗으며 마치 산책이라도 하고 온 것처럼 말했다.

"……어?"

세리아가 놀라서 눈을 동그랗게 떴다.

"걱정을 끼쳤네요. 이제 괜찮아요, 선생님."

"으, 응."

리오가 부드럽게 미소 짓자 세리아는 멍하니 고개를 끄덕였다.

"아이시아도 고마워."

리오는 아이시아에게 감사를 표했다.

"아니야. 딱히 대단한 일도 안 했어."

아이시아는 평소처럼 고개를 저었다.

"그럼 바로 이동할까? 되도록 이 나라 왕도에서 벗어나고 싶으니까."

"응. 그런데 어디로 가?"

"용사에 관한 단서를 찾고 싶으니 일단 동쪽 가르아크 왕국으로 가볼까? 선생님이 괜찮다면……."

리오는 그렇게 말하고 세리아를 봤다.

"……어? 아아, 응. 괜찮지 않아? 가르아크 왕국."

세리아는 꾸벅꾸벅 고개를 끄덕였다.

"선생님, 무슨 일 있으세요?"

리오는 세리아의 어색한 태도에 이상해하며 물었다.

"아, 아니. 아직 그렇게 실감이 안 나는데, 이래도 되나 싶어서……."

세리아가 마음이 다른 곳에 있는 표정으로 대답했다. 리오는 세리아가 이제 와서 불안해하는 건 아닌가 싶었다.

"……지금이라도 왕도로 돌아가고 싶으세요? 일단 아직은 괜찮을 거예요."

그래서 세리아의 안색을 살피며 멈칫멈칫 물었다.

"응? 아, 아니, 아니야, 그런 게 아니라! 그거 착각이야. 이렇게 행복해도 되나 하고, 왠지 현실감이 없다고 생각했을 뿐이야!"

세리아가 손짓발짓하며 허둥지둥 리오의 착각을 부정했다.

"착각, 이요?"

리오가 의아해하며 고개를 갸웃거렸다.

"으, 응. 그야 인생이 끝났다고 생각했을 정도로 앞이 어두웠는걸. 그런데 지금은 리오가 있고, 한동안 같이 있을 수 있다고 생각하니……."

세리아는 거기까지 말하고 굉장히 부끄러운 말을 하려고 했다는 걸 알아차리고 놀라서 안색을 바꿨다. 하지만 이제 와서 말을 물릴 수도 없었다.

"해, 행복하다고 생각하는 게 당연하잖아?"

세리아가 시선을 피하며 이어서 말했다.

"……그렇군요."

리오가 기쁜지 웃으며 맞장구를 쳤다.

"으, 응. 그러니까 마음에 걸리는 게 있긴 하지만, 후회할 리 없어. 오히려 앞으로 어떻게 할지 생각해야지!"

세리아가 단단히 벼르고 말했다.

"네. 천천히 이야기할까요? 일단 생활면에서 선생님을 불편하게 하지는 않을 거니까 그 점은 안심하세요."

리오가 공손하게 말했다.

"아하하, 그래? 그런데 리오에게 제대로 보답하고 싶어. 뭐, 지금은 이 드레스밖에 없지만…… 팔면 돈 좀 되려나?"

세리아가 백은의 드레스를 보고 고민하며 말했다.

"아뇨, 그걸 파는 건 말도 안 돼요. 당분간 제가 보살펴드릴 테니까 돈 걱정은 하지 마세요. 그만한 능력은 있어요."

"하지만…… 그래도 돼?"

"그야 당연하죠. 제대로 보살펴드릴게요."

세리아가 머뭇거리며 묻자 리오가 장난스럽게 말했다.

"……고마워. 그럼 한동안 감사히 호의를 받을게. 부족한 몸이지만, 잘 부탁해."

세리아가 수줍어하며 고개를 숙였다.

"저야말로."

리오도 의젓하게 고개를 끄덕였다.

"나도."

아이시아가 대화에 끼자 세리아가 "응" 하고 기뻐하며 고개를 끄덕였다.

"그럼 슬슬 갈까요?"

리오가 출발을 재촉했다.

"……좋아. 안전비행 부탁해, 리오."

세리아가 치맛자락을 잡고 쭈뼛쭈뼛 리오의 앞에 섰다.

"네. 그럼, 실례하겠습니다……."

리오가 고개를 끄덕이고 어색하게 세리아를 공주님처럼 안았다.

"후후. 움직이는 동안, 지금까지 못 만난 만큼 잔뜩 이야기하자?"

그렇게 물으며 웃는 세리아의 살짝 홍조 띤 얼굴이 무척이나 행복하게 빛났다.

❲ 에필로그 ❳ ✸ 하늘색 영애

그날 밤. 벨트람 왕국성에 있는 영빈관의 한 방. 가르아크 왕국 대귀족인 크레티아 공작의 영애 리제롯테는 홀로 저녁식사를 들었다.

"예정된 상담도 보류되고, 아망드로 돌아가는 게 늦어지겠어."

리제롯테는 귀찮아하며 중얼거렸다. 가르아크 왕국의 귀족 겸 대상인으로서 세리아의 결혼식에 초대된 그녀는 식이 중단된 지금도 부득이하게 영빈관에 머물러야 했다. 그도 그럴 것이 세리아가 납치된 영향으로 벨트람 왕국이 소란스러워지는 바람에, 보호라는 명목으로 일시적인 외출제한이 가해진 것이다.

"며칠 안에 영빈관을 나갈 수 있을 테니 이참에 일은 잊고 여가 시간이라 생각하시고 편히 쉬십시오."

리제롯테의 시중을 들기 위해 곁에 서 있던 시녀 아리아가 말했다.

"그러려고 해도 할 것도 없는걸. 뭐, 아르보 공작가의 체면이 말이 아니게 된 이 상황은 가르아크 왕국에게 제법 즐거운…… 아니, 고마운 일이지만. 당신도 그렇지?"

리제롯테가 피식 웃더니 아리아에게 물었다.

"분명 통쾌하긴 하군요. 세리아를 생각하면 불안하지만요."

평소에 감정을 보이지 않는 아리아의 음색이 어째선지 이 순간에는 복잡해보였다.

"……누가 범인일 것 같아?"

리제롯테가 갑자기 그런 질문을 했다.

"순리에 따라 생각하면 아르보 공작파의 적대세력일 가능성이 가장 크지 않겠습니까."

"그러면 본인의 이용가치도 높을 테니, 그녀가 나쁜 대접을 받을 일도 없겠지만…… 그런 짓을 저지를만한 인물은 상당히 한정적이지 않아? 예를 들어, 당신은 가능하려나?"

"강력한 신체강화마술이 담긴 고대 마도구급 마검이 있으면 저도 불가능하지는 않습니다만…… 솔직히, 싫습니다. 실패할 위험도 큽니다."

"당신 정도 되는 실력자가 망설일 만큼 리스크가 있다고?"

"기습하면 마차에 도달할 때까지는 주도권을 쥘 수 있습니다. 문제는 세리아를 데리고 도주하는 단계 이후예요. 지상 부대만이라면 몰라도 하늘에서도 추격이 붙으면 상당히 성가십니다."

아리아가 정연하게 질문에 대답했다.

"그렇구나."

리제롯테는 고개를 끄덕이고 심각한 얼굴로 숨을 내쉬었다.

'요즘 각국의 움직임이 너무 수상쩍어. 이번 일과 관련이 있을지는 모르지만, 특히 프로키시아 제국의 동향은 무시할

수 없지. 그 나라가 뭔가 거대한 일을 꾸미는 기척이 나.'

생각에 잠긴 리제롯테 옆에서 아리아가 조용히 주인이 입을 열기를 기다렸다.

"뭐, 당신 말대로 짧은 여가 시간을 즐겨보도록 할까? 동행한 아이들에게도 가끔은 쉬라고 전해줘. 아망드로 돌아가면 또 바빠질 것 같으니까."

리제롯테가 어깨를 살짝 으쓱하고 아리아에게 말했다.

"알겠습니다."

아리아가 공손히 고개를 끄덕였다.

'가르아크 왕국이 노력해줘야겠어. **왕성에 소환된 용사, 사츠키 스메라기의 공개가 가까워졌다고 하니.'**

리제롯테는 그런 생각을 하며 조금 식은 스프를 입에 머금었다.

정령환상기

여러분, 늘 신세지고 있습니다. 키타야마 유리입니다.
『정령환상기 5. 백은의 신부』를 구매해주셔서 정말 감사합
니다.

표지 일러스트대로 이번 권은 1권 이후로 소식이 없었던
세리아 선생님의 본격적인 재등장을 그린 권입니다. 1권
발매부터 5권이 발매하기까지 11개월이 걸렸습니다. 개인
적으로 긴 것 같기도 하고, 짧은 것 같기도 하네요……. 세
리아 선생님의 재등장을 강하게 원한 분들에게는 꽤 길었
을지도 모르겠네요.

하지만 이번 5권은 2, 3, 4권과 충분히 시간이 벌어졌기
때문에 쓴 것입니다. 이번 5권도 Web 버전과 내용이 많이
다른데요, 세리아 선생님의 웨딩드레스는 어떠셨나요?
"기다린 보람이 있었어!"라고 느껴주셨다면 정말 더할 나
위 없습니다.

참고로 지금은 6권과 7권 플롯을 쓰는 중인데, 이것도
Web 버전과 내용이 많이 다릅니다. 서적 버전과 Web 버
전은 이제 패러렐 월드로 전개하는 독립된 이야기라 생각
하는 게 좋겠습니다. 일단 6권 예고가 책 말미에 있으니
꼭 체크해보세요!

그리고 맞아, 맞아. 정말 감사하게도 5권부터 캐릭터 소

개를 달게 됐습니다. 등장인물이 많은 작품이라 공들여 호화롭게 만들어주셨으니, 기억을 환기할 때 꼭 도움이 되길 바랍니다.

그리고 말이죠. 중대한 공지가 있습니다. 표지 날개에 작가 프로필에도 썼습니다만, 서적 버전 『정령환상기』 코믹스화가 결정됐습니다! Riv 선생님이 만들어주신 멋진 캐릭터들이 이번에는 만화 세계에서 생생하게 움직이는 모습을 상상하면 가슴이 뜨거워집니다.

앞으로 만화 버전으로 입문해주시는 신규 독자 분들이 많이 늘어날 것으로 예상됩니다. 이것도 전적으로 『정령환상기』를 지지해주신 수많은 독자 여러분, 그리고 제작과 편집과 선전과 판매에 관련된 모든 관계자 분들 덕분임을, 이 자리를 빌려 깊이 감사드립니다. 정말 고맙습니다!

여기서만 하는 말인데, 일러스트를 담당해주시는 Riv 선생님도, 앞으로 코믹스화를 담당해주실 tenkla 선생님도, 제게는 구름 위에 계신 분들이라 그저 감사할 따름입니다. 권 수가 늘수록 늘어가는 수많은 독자 여러분께 사랑받고, 담당 편집자 분들과 제가 볼 수 없는 곳에서 일해주시는 관계자 여러분은 정말 든든하고, 너무 많은 혜택을 받았습니다. 여러분께서 저 혼자서는 절대 다다를 수 없었을 곳에 서게 해주셨습니다.

아직 미숙하지만, 조금이라도 발목을 잡지 않도록 정진하겠으니 인연을 오래 이어갔으면 좋겠습니다. 부디 잘 부탁드립니다.

자세한 코믹스화 정보는 HJ문고 공식 홈페이지나 블로그에서 발표할 거라 생각하니(이 책이 발매됐을 때쯤에는 정보가 많이 발표됐을지도 모릅니다만) 그쪽을 체크해주세요. 그리고 저도 기회가 되면 이것저것 트윗하며 선전할 테니 트위터로 제 계정을 팔로우해주신 분들은 그쪽도 꼭 체크해주세요.

마지막으로 공간이 조금 남았으니 며칠 전에 열린 HJ문고 파티 이야기를 해보겠습니다. 거기서 만난 분들이 "어? 당신이 키타야마?!" 같은 반응을 보여주셨는데, 여러분, 저를 어떻게 상상하셨던 거예요? (웃음) 실제로 저는 그냥 일반인인지라 몹시 죄송했습니다(웃음). 그럼 6권에서도 여러분과 만나길 바라며. 앞으로도 「정령환상기」 시리즈를 주목해주셨으면 좋겠습니다!

2016년 7월 말일
키타야마 유리

정령환상기

SEIREI GENSOUKI Vol.5

©Yuri Kitayama
Originally published in Japan in 2016 by HOBBY JAPAN CO., Ltd.
Korean translation rights ©2021 by Somy Media, Inc.

정령환상기 5 —백은의 신부—

2021년 10월 30일 1판 2쇄 발행

저　　　자 키타야마 유리
일 러 스 트 Riv
옮 긴 이 이은혜
발 행 인 유재옥
본 부 장 조병권
담당편집 정영길
편 집 1 팀 이준환 박소연
편 집 2 팀 정영길 김민지 조찬희
편 집 3 팀 오준영 곽혜민 이해빈
디 자 인 김보라 서정원
라이츠담당 한주원 이다정
디 지 털 박상섭 이성호 최서윤
발 행 처 ㈜소미미디어
제 작 처 코리아피앤피
등　　　록 제2015-000008호
주　　　소 서울시 마포구 토정로 222, 403호 (신수동, 한국출판콘텐츠센터)
판　　　매 ㈜소미미디어
마 케 팅 한민지 최정연
물　　　류 허석용
전　　　화 편집부 (070)4164-3962, 3963 기획실 (02)567-3388
　　　　　 판매 및 마케팅 (070)4165-6888 Fax (02)322-7665

ISBN 979-11-6611-651-3 (04830)
ISBN 979-11-6611-646-9 (세트)